あっぱれ　目次

あっぱれ

昭和二十八年〜二十九年頃の貴重な生活体験として、この風景を思い出す。

年の頃十歳前後の男の子たち七、八人が、それぞれのズボンのベルト通しにぶら下げているベーゴマ袋の中から、これぞ一番強いと自慢の一つを手にし、なにやらぶつぶつとおまじないをベーゴマに言い聞かせて、紐をきつく巻いてゆく。

樽の上には、ひび割れたホーローの洗面器に生ゴムのシートをかぶせた台がすっぽりと収まっていて、みんなの目は台に集中する。もう何度もベーゴマの戦場になっているらしく、ゴムはカーブになじんで、程よい深さが子供たちの腕試しの舞台になっている。

「いっせいのせっ」掛け声と同時にやっつける相手のベーゴマをめがけ、慣れた格好でベーゴマを投げ入れる。すぐに弾かれてしまう物、飛ばされてもカーブを描いて戻ってくる物、しばらくは凝視する目と、悲鳴や怒号で大騒ぎ。決着がつくと、ルールに従って、はじかれたベーゴマを悔しそうに敵の手の上へ差し出す。

みんなを押し分けて、ベーゴマが沢山入った重そうなバケツを提げた近藤さんが近づいて来る。大勢の男の子の中にいつもたった一人の女の子だ。

長く伸ばした髪を二つわけに編んで、ゴムひもで結んでいる。同年齢の子供たちよりやや大きめでがっちりと固太り、小麦色の丸顔で、黒目がちのきらきらした目、ぽってりと愛らしい唇で、にこりともしないで近づいてくる。

彼女は、このあたりの男の子たちを敵にまわし、ベーゴマ、めんこ、レコードシールの取り合いと、戦利品のかかったどのゲームでも一人勝ちをして戦果を持ち去っている。近藤さんを一度は負かしてやりたい男の子たちは、親に叱られながら、懲りずにおこづかいを持っては、駄菓子屋へ駆け込み、ベーゴマの品定めを慎重に繰り返している。店のおじさんの無表情な顔を見ると、またも別の物と取り替えたりして、近藤さんの顔を思い描きながら、リベンジに出向くのだ。

しかし何度勝負をしてもただの一度も近藤さんから勝ちを取った子がいない。

これが引き金となって、家庭の事情もあいまって、子供たちから、また子供を取り巻く大人たちから、手厳しい中傷と疎外、軽蔑をも上乗せをした、いじめに遭っていた。

私とはどこかウマが合って、体もひと回り大きく、学校もクラスは六年間一緒に過ごしたのに、席が隣になったこともなかったが、気がつくと一緒にいる子であった。

近藤さんの行動、生活ぶりが自分の家庭では見たこともない連続であったため、子供心に魅せられていたように、当時を思い出す。

勉強の出来については記憶がないので多分あまり良くはなかったのだろうが、音楽、体操が抜群で、そのあたりが私との共通点であったと思われる。

音楽の授業のコールユーブンゲン、一曲ずつを仕上げると本の裏表紙に付いているスタンプ表に赤い丸印を押してもらえるのが楽しみで、二人はクラスでトップを競い合っていた。水曜日の朝の学校放送は、二人の歌う唱歌から始まった。

ベーゴマを回している時に、時折、近藤さんの口からコールユーブンゲンのメロディが出てくると、男の子たちが「呪いだ」と言って嫌がっていた。

ゴム段跳びなど、クリアをする高さも凄かったが、助走から全力でつっぱしるので、女の子たちは迫力に圧倒されて、文句なしの一番、私たちは飽きずに日が暮れるまで跳んでいたが、近藤さんはいつも早々に引き上げていた。


この頃、私にはパンにまつわる、子供心にも強烈な記憶が二つある。

ある日の夕方、電車の駅に近い所で火事があった。

大きなベニヤ板を製造する工場から火が出たのだ。そろそろ暗くなってくる時間であったので燃え盛る火が、近くに迫ってくるようだし、燃えながら軽くなったベニヤ板がフワフワと風に乗って飛び散りはじめたので、あちこちに飛び火の火事が広がってしまい、あたりが騒然としていた。

近くに学校の友達がいると知って、焼け死んでいないか、最悪の状況ばかり考えて、変な興奮状態になっていた。あくる朝、一人で火事の工場を見に行った。あたりはロープで制限されていた。

とても大きく焼け広がっていて、友達の住んでいた所は焼けてはいなかったが、放水のため、家の外はもちろんのこと、中まで水浸しで、今夜から近くのお寺へ非難すると言う。家族中疲れた真っ黒な顔で、立ち尽くしている。その中に私もいた。

とにかく、朝ごはんがわりにすぐパンが届くから待っているようにとメガホンを口に、大声で消防の人が声をかけている。

いつの間にか友達の光子ちゃんが私の手をとってきつく握り「つかまらせてね」と、横で震えていた。

リヤカーに沢山のパンが入った木製の台が重なり、自転車の荷台には牛乳が。ただじっと眺めていたら、二人にパン二個と牛乳が渡された。

ジャムパンとクリームパン、焼きたてを届けたのだろう、それはほっかほっかでいい匂いがする。ビンに入った冷たい牛乳は当時、本当に貴重で、学校では脱脂粉乳が使われていた。

どうしようかと戸惑っていたら、光子ちゃんが「一緒に食べよう」と言ってくれたので、立ったまま食べ始めた。焼きたてのあったかいパンなど食べたことがなく、その香り、やわらかさ、当然中身のジャムもクリームも温かく、ただただ、子供ながら感動し、よその家の不幸を忘れるほどだった。

しばらくして、「また来てね」の言葉を聞いて明日の約束をした。学校は休校になり、私はまた光子ちゃんに会いに行った。

時間を合わせたようにまた、あのパンが届けられて、私も両手を出した。

「ただいまー」、庭先から家に入ると母が怖い顔をして待っている。

「華世子、どこへ行っていたの?」なんとなく、多分叱られると観念をして、昨日からの出来事を話した。

少し言い訳を交えながら話すと、私が口を開く前から本気で怒っていて、「人の家の火事場を見物に行っただけじゃなく、被災した人のための食べ物を貰って食べるなんて、まして二日も続けて出かけるなんて、なんて卑《いや》しい根性だ、恥ずかしいことなんだよ」と言いながら背中をおもいっきり叩かれた。

一瞬、息が詰まるほど強く叩かれ、泣きながら謝ったが、「恥ずかしくて泣きたいのは親のほうだ、そういうのを火事場泥棒と言って、一番情けないことをしたんだ」と、怒鳴られた。

最初にいいのかなー？ と思った時、よくないと分かっていたから迷ったのに、あのパンの香りに負けたんだと、恥ずかしかった。

そして、どこにも親の目が光っていたのにも驚いた。


もうひとつのパンの思い出。

学校の給食の時、一通り食べ終わると、必ず近藤さんが食べ切れなかったコッペパンを回収しに歩いていた。

自分の着ている上着の端を持ってまわり、その中に次々と、半分になった物、三センチくらいしかない物も投げ入れさせて歩く。帰りには手提げかばんと一緒に大きな風呂敷に入ったパンを持っている。そのパンをどうするのか聞きもしないでいた。もちろん近藤さんも絶対に言わなかった。

ある日、学校からの用事があって近藤さんの家に寄った時、茶の間のざるの中に小さくなったパンが入っているのを目にし、納得した。

翌日から、私が給食の班長であったので、みんなが手をつける前に、一人ひとりに全部食べきれるか、聞いて歩き、半分の人は初めから二つに割り、なるべく大きいままもって帰れるようにすることが仕事になり、残すと叱られる給食が毎日きれいになったので、みんなもよく協力した。

近藤さんとパンの思い出だ。


コッペパンをきっかけに近藤さんが私との距離を一挙に縮めることがあった。

ある日「藤沼さん、私の家に来る?」と話しかけてきた。

今まで一度も誘われたことがなく、また私が何度誘っても家には来なかった。

どこの家にもすぐ出かけて行っていた私は学校から帰ると、まっすぐ彼女の家に向かった。

玄関には兄弟四人の靴と、大人の下駄や長靴があるので、戸を締める時は、全部を横に押し付けるのだと言いながら、足で横に押し付けて、靴を脱ぐスペースを作ってくれた。

「あがっていいよ」と言われて、入ってみると、さほど広くはない畳の部屋の奥に、布団が敷かれていて、痩せたおじさんが下着のまま座っていた。

布団の横に置いてある機械のハンドルを回している。機械の横には、セロファンの袋、ボール箱の中には夜店や駄菓子屋に売っている、味の付いたイカが、山と詰まれておいしそうな匂いがしていた。

「こんにちは」と挨拶すると、「うん」と言って手を回している。

その手元を見て驚いた。

おじさんが、イカを機械の真ん中に挟みこみ、ハンドルを回すと、するするとイカがのばされて、もとの大きさの二倍くらいになり、色も白っぽくなる。足は初めから切り取られていたので、広がったイカを三十センチの物差しでそーっと広げた新聞紙の上へ移していく。新聞紙のスペースがなくなると、一枚ずつ、丁寧にセロファンの袋にいれ、大き目のボール箱へ入れてゆく。おじさんは「このセロファン入れが、厄介なんだよ」と言っていた。

イカが切れやすいので、これだけはおじさんしか出来ないそうだ。

何だか手品を見ているようで、目が離せなかった。そばにセロファン入れに失敗をしたイカが置いてあり、半分になったものをくれた。

近藤さんが家の外で呼んでいたが、「ちょっと待って」と言いながら、機械から離れなかったので、一人でどこかへ出かけて行った。弟をおんぶしていた。

その頃、私も五人兄弟の上から二番目であったから、遊びに行くと母に言うと必ず、どこかで電気がついたら帰って来ることと、弟を連れて行くように言われ、連れては出かけるが、途中で自分の遊びに夢中になり、弟を迷子にしてしまうことが度々であったので、母からの信用がなかった。

そのままおじさんの仕事を飽きずに眺めていると、「セロファンの数を勘定してよ」と言われて、丁寧に手に取ると、セロファンの袋に、のしイカの文字と会社の名前が大きく印刷されていた。

それから毎日、学校から帰ってくるとまっすぐに近藤さんの家に行く。

何日目からか、おじさんから機械にイカを差し入れる仕事を任されるようになり、色々な話を聞きながら、のしイカ作りに夢中になった。

夕方になると、お母さんがリヤカーを引いて帰ってくる。

一人をおんぶし、もう一人はリヤカーに乗せて、沢山の荷物と一緒に引いていた。荷物は、鉄屑が多く、時にはおなべや、やかんがあり、廃品回収をして、お金にかえることは分かったが、もう一つ、あのベーゴマが全部お金に変わって、みんなの生活費になっているのが分かり、ますます近藤さんが年上に見えた。

毎日いると、子供とはいえ、十歳近くなると家庭の様々な実情は、察することが出来るので、おじさんと一緒にのしイカ作りに益々励んだ。

「華世子が帰ってくると、物凄くイカの匂いがするんだけど、駄菓子や物ばかりを食べてるとお腹壊すよ」と注意され始めて、今にばれてしまうな——と心配をしていた。

ある日、イカを機械に入れていると、「ごめんください」と玄関から母の声がする。とうとう来ちゃった、と観念して玄関の戸を開けると、風呂敷包みを持って立っていた。

私は、「おじさんはいるけど歩けないから」と言うと、少し大きな声で「うちの華世子が毎日お邪魔をして、ご迷惑をかけました。邪魔でしたら遠慮なく言ってやってください。のしイカを作るのが楽しくて楽しくてなんて言ってましてて、こちらへ来ていたそうですみません」。

母が頭を下げると、おじさんが奥から大きな声で「私が、屋根から落ちてしまった瓦職人で、仕事にならないから、この内職をするよりほか仕事がなくて、家内が働いてくれてますが何ともきついやねー。迷惑なんてとんでもない、手先が器用なのでよく手伝ってくれてますが、こっちこそひとんちの子に手伝わせて悪かったねー」。

「いえいえ、わからんじんが遊び半分で迷惑をかけていたらと気が気じゃなかったんです。役に立つようでしたらいいんです」と許可をしてくれ、お茶菓子を皆さんで、と置いて帰った。

それからは、こそこそしないで、「行ってきまーす」と張り切って通った。

しかし、四か月くらい過ぎた頃、工場で加工するようになったので、内職はこなくなり、私も通えなくなった。宙ぶらりんになってしまったようで、友達と遊んでも、あまり夢中になれなかった。

あの数か月の中で、近藤さんがレコードシールも、ベーゴマも、コッペパンも沢山集めていたわけを知り、みんなが「ゴミや」とか、嫌なことばかりを言ってはやしたてるのが、腹が立って悔しかった。

それより、なによりも、あの子ほど、自分には思いもよらない、面白いことを沢山出来る子は、男の子の中でも絶対にいないと、思ったし、近藤さんの毎日の生活が、子供の遊びを超えて、真剣勝負であったので、比べるものを思いつけないほど、魅せられていたというのが、正確なのだろう。

二十歳の秋頃、買い物の帰りか、東上線の大山駅の近くを歩いていると、道路の反対側から「華世ちゃん、華世ちゃんじゃないの?」と大声で呼ばれた。

中学生になった頃から近眼になってしまい、よく人を見間違えていたので、用心しながら目を細めて見てみると、声の主が私に向かって手を振っている。

髪をアップに結い上げて、綺麗にお化粧もしていたが、あのくりくりした目とぷっくりの唇ですぐ分かった。

「近藤さーん?」「そうよ。華世ちゃん変わらないからすぐ分かったよ。そこで、コーヒーおごってあげるから、来て」

子供の頃の、年上感覚までがすぐに戻り、いわれる喫茶店で向かい合った。

「夜、働いているから、まだ時間があるのよ。でも、遠くに引っ越したわけじゃないのに、会えなかったねー、会いたかったのよ。おばさん元気？　華世ちゃん今何してんの？」矢継ぎ早に聞いてくる。色は相変わらず小麦色、爪を伸ばして綺麗にネイルが乗っている。

なんだか圧倒されていたら、タバコを吸いながら、あの元気な声で話す様子に、昔と同じの近藤さんがそこにいると実感した。相変わらず一生懸命に働いているのだろう。改めてじっくりと彼女を見ると、ふっくらと丸い輪郭に鼻も目も唇も丸く愛らしい、気性の強さを表に出さなければ、きっともてるだろうなどと思いながら、話を聞いていた。


中学時代に、みんなから「かいけつ毛布」という意味不明のあだ名を付けられて、「くさい、汚い、かゆい、側に来るな！　ゴミや」と壮絶ないじめに遭っていた。気が強くなければどうなっていたか……。

十二クラスもあったので、学校では会うというより、遠くに姿が見えるというくらいで、よく学校を休んでいたらしく、話などはほとんどしなかった。

「あんたが毎日、毎日、のしイカを作りに来てくれたのを、忘れないよ」と言った。

あれか……。と思い出して、何で、毎日通ったのか、決して手伝いをしに行く気持ちで通ったわけじゃなかったこと、近藤さんのやることなすこと、遊びと違う面白さで、夢中になっていたこと、不思議な魅力に溢れていたことを話すと、「あの頃の子供はかわいいねえー」とおなかを抱えて笑った。

あれから、私は結婚で大山を離れたし、近藤さんのその後を知る手立てもなく時折、懐かしく、切なく、ただ、元気でいてくれることを祈るばかりだ。

板橋第二小学校

板橋第二小学校は家から五分の距離で、高台の一面に立っていた。平屋に大きな屋根、全部木造で古かった。校庭に面した壁面に、二間置きに太いつっかえ棒が、斜めに校舎を支えて並んでいる。その支えに、横に渡してある柱は私たちの止まり木になり、三人が並んで座ると一杯になった。

この学区では、元々住んでいた住民に加えて、疎開先から戻ってきた人、そのほか色々な事情で越してくる人が増え、いっきに住民の数が増した。したがって子供の数も爆発的に増えていた。

たいていの家の子供の数は、三〜五人、七人や八人の家も珍しくなかった。

あの戦後の、産めよ増やせよ、の時代の真っ只中だったのだ。

当然、教師も教室も足りず、低学年を午前と午後の二部制にして対応をした。

一年生の入学式に、父があちこちを探して、ようやく真っ赤でつややかなランドセルを買ってきてくれた。嬉しくて、嬉しくて、色鮮やかで、張りがあり、ぴーんと張ったかばんの蓋は、特に自慢であった。

年子《としご》の姉は、自分の時は木綿の米軍払い下げのパラシュートの生地で出来たランドセルで、ぴんと張った私のものより半分くらいの薄さで、色も生成りのままだったので、悔しがった。

入学式から何日目かの学校の帰りに、突然、大雨が降ってきた。

急いで駆け出して帰り、家に着いてランドセルを下ろすと、あの、ぴんと張っていた筈の真っ赤な蓋の表面は、ぶつぶつと雨に濡れた所が、大きな水玉模様のように膨らんで、無残な様相になってしまった。

膨らんだ所を指でつつくと、黄土《おうど》色のボール紙が現れた。あの夢のようなランドセルは、ほんの少しの夕立で消えてしまった。

学校で使う教科書は、使えるものは上級生のお下がりが当たり前で、私も姉が使った教科書を使うことになった。

その中で、国語の教科書だけは姉もお下がりで使われていたらしく、かなりぼろぼろで、母がかわいそうに思ったのか、毎日、毎日、破れた教科書を横に置き、厚いわら半紙で出来たノートに、太い鉛筆やペン、色えんぴつを使って書き写してくれた。

中身はそっくり同じで、特に動物の絵は教科書より太っていて可愛いので、よく覚えている。とても、とても、分厚い国語の教科書を作ってくれた。

みんなの教科書とは違っていたが、大切にした。

そして先生がみんなの前で私の教科書を掲げて、中身をひろげて見せた。

私は誇らしい気持ちで、まっすぐ、先生を見ていた。


学校は、規則正しく週ごとに午前と午後に割り振られ、時間割を渡されていたはずなのに、私はよく間違えて、かばんを背負って学校へ向かうと、クラスの子が帰ってくるのに、鉢合わせをした。

「先生が給食を持って待っているから早く学校へ行って」と言われて駆け出して学校へ行き、先生と二人で給食だけを食べて、その日は終わり、などを、何回かやってしまった。

教室は二部の子が来るので、昇降口の隣の広いコンクリートの床に大きな卓球台が並んだ所で、先生と給食を食べた。


四年生の時だったと記憶をしているが、校長の菊田要先生は音楽をいろいろな所で取り入れて、楽しい行事を開催した。

中でも、菊田要作詞、作曲のミュージカル「雀《すずめ》のお宿」は、今思い出しても、この時代に本当に舞台で生徒たちが演じたことが、夢のようだ。

童話の「舌切り雀」を元にした雀のお宿ミュージカルバージョンだ。校長先生作詞、作曲、脚本構成、音楽の近藤先生が作曲に協力し、台本も渡された。

放課後になると、毎日毎日、近藤先生がピアノを弾き、沢山の歌を私たちに根気良く教えてゆく。校長先生はタクトを振って「そこは、もっと大きく」とか「もっとやさしそうに」とか、汗だくになって太ったおなかをゆさぶって教えている。

笹巻き団子、くうりの羊羹（栗羊羹）
たくさん、たくさんご馳走召し上がれ
…………
ご馳走、ご馳走、たんと、たんと召し上がれ

私の役は正直者のおじい様を迎えて、ご馳走をする場面の二羽の雀の役の一羽だ。

雀を表現するために、母が考案をした白地のスカートは、おしりの部分に三段のフリル

がついて、跳ねるとフリルが上下に揺れて、嬉しかった。

このスカートの生地をよく見ると、目が粗い晒《さら》し木綿で、母が弟をおんぶをする時のおぶい紐や、台所の布巾にしていたのと同じ生地だと分かって、すこしがっかりした。

学校では一年間の締めくくりに、毎年、一年から六年までの生徒が総出で学芸会が開催され、父兄たちも一大イベントを見に、大勢が見物に来た。

運動会と同じように、昼ごはんは家族と一緒に見物用の席で食べ、親の来ていない子もどこかの輪の中にいて、にぎやかだった。


この頃、音楽の近藤先生には可愛い男の赤ちゃんが生まれた。昼間の時間は、高台にあった学校のすぐ下に住んでいた、同じクラスの男の子のお母さん、橋屋さんが先生の赤ちゃんを預かっていた。先生は肩までの髪にはゆるく、ふんわりとパーマがかかり、白い顔に鮮やかな口紅が華やかで、いつも黒の長いスカートを履いていた。

先生によく似た、色の真っ白な可愛い男の子で、時折、抱かせてもらった。

先生の赤ちゃんはみんなで大事に守っているようで、橋屋さんの許可がないとさわれなかった。

近藤先生は女の子たちの憧れなのに、口の悪い男の子たちは、先生の顎が少し長かったので、花王《かおう》石鹸とあだ名で呼んだ。近藤先生といつまでも呼んでいたが、結婚をしたので、実はもうずっと前から吉田先生になっていた。

やがて学校は二階建ての綺麗な校舎に建て替えられて、新しく、特殊学級が出来た。近隣の小学校で、様々な障害を持った子供は、健常児と一緒であったために対応に苦慮して、一つの学校にまとめて、ベテランの先生が担当し、どの子供にも、より良い環境づくりを目指した。

池上先生という五十代後半の男の先生が担任で、いつも、注意をする声が特別大きくて、みんなからは怖がられていた。

私はこの先生に会うと、背中を手のひらで叩かれ、いつも「背中が、丸い！　病気のもとだ。しゃんとせい！」と言われていた。他の子のことも、年中呼び止めて何かを怒鳴っていた。沢山の子供をいつも見ていてくれた先生だったのだろう。声を出すとにんにくの匂いが強烈でまいった。

初めて夏の臨海学校が希望者のみの参加で、開かれることになり、私はどうしても行ってみたかった。両親は凄く心配性なことと、お金のかかることでもあり、姉は行かないと言うので、私にも我慢をしなさいと言う。

益々、行きたくなり、私はハンストをした。部屋の目立つ所に座り、口も利かない。朝と昼のご飯を我慢をしたところで親が許可をくれた。

父は笑っていたが、姉からは、「あんたの我儘は、私には考えられない。今に罰《ばち》が当たるよ」と怒られた。父は姉に「お前も行きたければ、行っておいで。一人より、二人のほうが安心だ」と言ったが、やっぱり、姉は行かないと言った。

千葉県の海岸沿いにあるお寺が宿舎で、生徒は広い本堂に布団を敷きつめて、みんなで眠る。海岸は遠浅《とおあさ》、波も穏やか、みんなは楽しそうに泳ぎに出かける。

私はこの頃、胃腸の弱い体質で、緊張をしたり、環境が変わると、すぐ下痢をして、扁桃腺が腫れた。

折角《せっかく》、ハンストまでして、参加をした臨海学校なのに、着いた晩から高熱を出してしまい、毎日、石上先生と医者に行き、お寺の本堂で寝て過ごした。二泊三日は瞬く間に過ぎて、一度も海に入らず、怖い亡霊の話をする石上先生との思い出ばかりで終わった。

学校から家まで石上先生の背中に揺られて帰った。姉の言う、罰は本当に当たった。

学校の校舎が新しくなり、クラスの数も各学年三クラスずつになったが、それでも、各クラスの人数は多かった。

冬はだるまストーブが入る。

ストーブの周りは、四角い金網の柵で囲われていた。子供の数が多く、教室の後ろの方にまで生徒がいたために、ストーブが入ると近くに座っている子は、真っ赤な顔をして、熱さを我慢し、時々、席を替わってもらっていた。

燃料は石炭、一階の小使いさん（今は用務員さん）のいる部屋の横の板囲いの中に、どっさりと積まれている。

ストーブ当番が二人で、あひるのくちばしの形の黒い大きなバケツに、石炭を投げ込み、いっぱいにして教室まで運ぶ。

そこまでは嫌な仕事だが、石炭をストーブにくべる仕事は、みんな大好きで、入れすぎて燃えないようにしたり、また、急に火力が強くなって、ストーブが真っ赤になってしまい、本当の真っ赤っかのだるまストーブになったりもした。

割れてしまいそうで、こわごわ遠巻きにし、火の勢いが収まるまで待った。こんなことが何度もおきると、だるまストーブは悲鳴を上げているように、縦にひび割れが出来てしまうので、毎日のように先生からは、石炭を入れ過ぎないように注意をされた。

金網には雑巾が干してあり、濡れている時は長靴の中のような匂いがしていたが、掃除当番の時は乾いていて雑巾がけは気持ちが良かった。


一～二年生の時には行われていた、DDTの頭への散布(のみや、しらみの駆除のため)はそれ以後、あまり覚えていないところを見ると、取りやめになったのだろう。DDTの散布と同時に、回虫の駆除のために、チョコレート状の虫下しも、時折くばられて、たいていの子は自分のおなかから出る回虫に、気味の悪い思いを経験している。

子供たちの日常の暮らし方も、勉強も、道具や材料などは、一般には最低必要な分の外《ほか》は、ないに等しかった。遊びでもなんでも工夫をして暮らす毎日であったが、子供たちは、好奇心旺盛で、行動力に溢れ、沢山の子が生き生きとしていたように思われる。

家の前の表の通りには、お豆腐屋、肉屋、佃煮とおかず屋、お蕎麦屋、ペンキ屋、畳屋、八百屋、小間物屋、お風呂屋、ずらーっとお店が立ち並んでいる、高台の私の家からは表通りの肉屋さんの裏の住いの方がよく見える。

おとうさん、おかあさん、おばあちゃん、とても美人の若いおばさん、それに子供が三人、の家族だ。

家を囲むようにして長い廊下があり、ガラス戸越しに中が見える。この家は幼馴染であり、クラスメートの家でもある。さっきからクラスメートの忠義ちゃんが、廊下の所でおばあちゃんに叱られて、大声で泣いている。

「もう、しないから、やめてよー、お灸は嫌だよー、こわいよー、ごめんなさい、ごめんなさい」おばあちゃんが何か言っているが、聞き取れない。でも、叱られている理由を私は知っていたので、家の物干し台から、腹ばいになってじっと成り行きを見ていたのだ。

先程、私の弟が、口を血で真っ赤に汚し、泣いて家に帰ってきた。どうしたのかと聞くと、持って行ったおもちゃを貸せと言って取ろうとしたので、「嫌だ」と断ったらいきなり殴ってきて、歯が取れた。とても悔しいと泣いている。

弟の歯は、生え変わるためにぐらぐらとしていたのだ。

私は口が汚れたままの弟の手を引いて、おばあちゃんに言いつけに行ったのだ。

おばあちゃんが、弟の口を拭いてくれて「ごめんね、お灸をすえてやるから勘弁してね」

とかわりに謝ってくれた。

　そして、叱られて、すぐにもお灸が始まることになり、私はお灸をすえている所も、お灸そのものも見たことがなかったので、どうなるのかと、二階の物干し台に上がって見ていた。

　取ったこの手が悪いと、両手を廊下につかせて、もぐさと、火のついたお線香をおばあちゃんが持っている。忠義ちゃんはきゃあーきゃあーと騒いでいたが、もぐさから白い煙が立ち上り、その煙が目に入った、目に入ったと騒ぐ。おばあちゃんが何かを言ってから、火のついたもぐさを、自分の指でつまんで小さなお皿に捨てている。まもなく騒ぎがやんで奥のほうへ入って行った。


　あくる日学校で、「お前が言いつけたおかげで、お灸をやられたんだからな、上から、のぞいていたろー、ばっかやろー」と言われた。

　普段から、家で飼っている鶏に、「やめて」といつも言っているのに、自分がとってきた蜥蜴《とかげ》をえさに与える。私のにわとりが、貰った蜥蜴をくちばしでついばむと胴体だけが口に入り、残ったしっぽが地面に落ちて、ぴくぴくと動くのだ。これを食べているのかと思うと、産まれる卵が気持ち悪くて、食べる気がせず、注意をしても聞かなかったので、懲らしめる気持ちにもなっていた。

二十数年後のクラス会でも蒸し返して、「お灸は痛かったぞー」と言ったが、「あの時、おばあちゃんも熱い火のついたもぐさを指でつかんで、お前を育てたおばあちゃんも、一緒にお灸なんだぞ！　と言われて、とても胸にこたえた」と言った。「おばあちゃんは凄く怖かったけれど、物凄く大好きだったよ」と目を潤ませた。とても、うらやましく、聞いていた。

小学校三年から六年の卒業までは、村島信夫先生が担任で、五十歳の少し手前くらいの年齢であった。穏やかで優しく、小太りの小柄な先生で、特に男子には大人気であった。隣のクラスの担任は体育が得意の、いつも怖い顔をして生徒に手をあげるのが有名で、みんなから恐れられていたから、対照的な村島先生はよそのクラスの子たちからも慕われ、私たちは羨ましがられていた。

その頃の思い出をクラスのみんなが大切に思っていたので、度々、卒業後も男子の何人かは先生の家に行き、大人になってからは、よくお酒を先生の奥様にご馳走になったそうだ。

しかし、数年ごとに開かれたクラス会で、先生はお酒が進むと「先生なんて言われると、僕はみんなに申し訳がないんだよ。お前たちよりずっと前に教えていた生徒には、現在とは正反対の、残酷な教育を何の抵抗もなくしてきたんだ。今更、その子供たちには謝る機会もなく、私の胸の中は、重い、重い、申し訳ないお詫びのしようのない、悔しさが、悲しさが渦巻いて、心が晴れないんだ。年をとるごとに、この気持ちは膨らんで、苦しいよ」と涙をこぼされた。軍国主義の教育からたずさわっていた教育者の、戦後の教育への変換の中で沢山の教育の間違いを自覚した先生の良心が、自身の胸を刺し続け、苦しかったのだと思うと、やはり一人の人間としても、誠実であったのだと敬意を抱くのだ。

雨の夜の青い炎

板橋第二小学校の隣は、クラスの友達の家で、お寺である。立派なお堂と墓地があり、お父さんが住職をしている。沢山のお墓は、いつも一家総出できれいに掃除をしてあった。

私の家の物干し台から、こんもりと茂った大きな木とお寺の屋根が見えている。やさしいおばあちゃんが、遊びに行くと色々な話を聞かせてくれたり、私の話も根気よく聞いてくれた。

ある日、おばあちゃんが、「七五三のお参りに午後から子易神社へ行くけど、華世ちゃんはお参りに行く?」と聞かれた。私の七五三は、姉が六歳の時に、華世子も一緒にと、七五三の年齢ではないのについでに済ませ、記念写真も二人一緒に写してあった。そのことを言うと、「じゃあ、もう一回七五三を、やろう、やろう、家に帰ってお着物をもっといで。足袋《たび》と履物《はきもの》を忘れないように」と言ってくれたので、急いで家に帰り、「お母さん、七五三の着物、全部そろえて袋に入れて。早く早く」とせきたて、何が始まるのか、よく話もしないまま、一揃えをもってお寺へ戻った。座敷へ入ると、おばあちゃんの孫で、私の友達の柳下さんが長い振袖の晴れ着を着せてもらって、頭には大きなリボンをむすんであった。

顔も細いし、痩せた子でとても可愛かった。おばあちゃんが私の着物を出して、どんどん着せ替えてくれる。髪は短かったので、湯気で温めたタオルを頭に載せ、綺麗に整えてくれた。

「さあ出来た。千歳飴を持って神社へ行くよ」と、鶴の絵が描いてあるながーい千歳飴の入った袋を私にも持たせてくれて、三人で子易神社へ行き、神主さんにお払いをしてもらい、お参りを済ませた。

おばあちゃんに、「お寺の人も、七五三はお神社へ行くんだね」と言うと、「神様と仏様は、住むところも役目も違うんだよ」と教えてくれた。

千歳飴を貰って、着物のまま家に帰った。

「母が私を見て、何をしてきたの？」とびっくりしている。「七五三をやってきた」というと、また、驚いた。

雨が降り続いた日の夜のことだ。

物干し台のガラス戸越しにお寺のほうを見ると、時折、青白い炎のようなものが、細長く下から空に向かって流れ、消えてゆく。

初めは見間違いかと思ったが、よくよく見つめると、確かに炎があらわれては消え、また少し離れた所からフワーッと上る。

多分、幽霊だと思って、あわててガラス戸を閉めて母の所へ行き、今見た光景を話すと、さほどびっくりもせず、「それは、お墓の中から出てくる、リンという物が雨に当たって、燃えてるのよ。人が亡くなって、土葬でお墓の中に入ると自然に溶けて、土になるんだけど、人間の体の中にあるリンというものが土に溶けているだけで、幽霊じゃないよ」と教えてくれた。

もう一度物干し台から見た。

青い炎が何回か現れていたが、ジーっとみていると、今度は光っている人魂《ひとだま》のようなものがスーッと流れた。あわてて家の中に入り、ダッシュでみんながいる茶の間へ戻ったが、心臓がどきどきした。

姉に教えると、一緒に物干し台に上がり、リンの炎を確認した。

ある日姉が「どのお墓から出てくるか、探しに行こう」と言う。

お寺のおばあちゃんにちょっと悪い気がしたが、やっぱり見たくなり、近所の私たちより少し大きいお兄さんにも話して、行く相談をした。

お兄さんは、土葬のお墓を開けると、すごーい匂いがすると言った。きっと雪の降った時なら、匂わないはずと言うので、雪が降るのを待った。

大雪だと大人は困っていたが、私はわくわくしていた。姉も同じらしく、学校から帰ると、二人でお兄さんに知らせて、見たい友達を誘い、お寺のお墓の立っている裏の所で待ち合わせ、静かにお墓に近づいた。

真っ白い雪がかなり積もって、歩いた足跡が、ずぶずぶと出来てゆく。

お兄さんが、お墓を見て、これは開くとか、こっちは駄目だとか言いながら、墓石に積もった雪を手で払っている。そのうち、墓石の前を手前に引くと、すーっと動いた。お墓の中が見えた。みんなでこわごわ覗いた。

黴《かび》臭いような、湿ったような土の匂い、中は暗くてよくは見えないが、誰かが甕《かめ》がいくつもあると言う。やはり燃えるものは見当たらないので、きっと甕から染み出たものが、燃えたんだと言ったが、お兄さんは「甕に入っているのは焼いた骨だから、この墓は違う」と言う。

あちこちのお墓を揺らして、すぐに開く所や、押してもびくともしないお墓を確かめて、土葬のところを探したが見つからなかった。

夕方近くなってきた。気味が悪くなったのもあって、おしまいにして帰った。

お墓には、雪の上を歩いた跡が沢山出来てしまったので、見つかったら大変だと怖くなった。

特にお兄さんの家のお母さんは凄く厳しい人で有名だったからだ。

お墓を見に行ったことも、開けて、中を覗いたことも、みんなで黙っていた。


ずっと後になって、ここの墓地も、昔は土葬だったから、土の中にまだ残っているリンが、燃えるんだよ、と聞いた。

青い炎はリンが燃えるという、化学変化と分かったが、光った白い人魂のことは、幽霊かもしれないと、ずうっと思っていた。

リンへの興味が薄れ、それぞれが大きくなって、遊び仲間でもなくなり、記憶に残るだけになった。


大人になり、やがて母の葬儀をこのお寺で執り行う時が来た。

建物もずいぶん大きく建て増しされて、葬儀会場として貸し出されていたので葬儀だけをこのお寺で済ませ、父の待つ浅草のお寺へお骨を埋葬した。

お通夜から二〜三日お寺にいる間、面影の残る墓地を歩いてみて、千歳飴を持たせて、七五三のお祝いをしてくれたおばあちゃんのお墓を見つけた。

改めて振り返ると、自分の子供時代を取り巻く環境は、決して豊かでもなく、どこも同じような家族構成だったが、豊かな愛情に溢れていて、どこの家でも、子供の成長を大切に捉え、きちんと子供自身に自覚を促すためなのか、年齢が来るとそれぞれの家庭のやり方で、祝い事として子供が主役の日を祝った。

親子の体温が、直に感じ取れるような親子関係でありながら、周りを見回してみると、世の中のルールや、人としての矜持《きょうじ》を凛と備えた大人が、大勢、すっくと立っていた印象を強く思い出す。

ミス日本、が来た

姉の同級生の、水野恵子ちゃんの家は我が家から歩いて三分の所にあり、両親は燃料店を営んでいた。

店先には、練炭、豆炭《まめたん》、七輪、同じ寸法に合わせた薪が束ねられて高く積み上げられていた。裏に回ると、コークスが麻の袋に詰められ、壁のようにそびえて、頑丈そうなリヤカーを立てかけて、崩れないように置いてあった。


毎朝、姉と私が学校へ行く時、決まったコースのように恵子ちゃんを迎えに行く。玄関の前がすぐ茶の間なので、丸いテーブルを囲んで、お爺ちゃんお祖母ちゃんを含む家族七人が朝食をとっているのを眺めながら、恵子ちゃんが出て来るのを待っている。

テーブルの中央に、大きな大きなどんぶりに山と積まれた糠《ぬか》味噌漬けがどーんと置かれ、見るともなく見ているときゅうりは半分に、茄子は丸ごと、大根は三角に切ってあり、茄子の紫色が綺麗で、七人がかわるがわる茄子を、きゅうりを、大根を、ご飯と一緒にもりもり、ばりばりと食べている。

味噌汁を時折飲みつつ、ご飯のお代わりとしてそれぞれがお茶碗をさし出すのだが、おばさんは自分も、もりもり食べながら、出された茶碗に次々とごはんをよそってゆく。お米はおばさんの実家の新潟から買うのでおいしいと言う。

誰もが何も話さず、ひたすらご飯を食べ終わると、教科書の入った手提げ袋を持って、恵子ちゃんが家から出てくる。

毎朝見ている、あの大きなどんぶりの綺麗な丸ごとの茄子は、一度食べてみたいといつも思っていた。私の家では茄子は四つ切り、きゅうりは一本が十切れくらいに切って出されていた。

ある日、学校から帰って恵子ちゃんの家に行くと、恵子ちゃんがあの茄子を丸ごとしゃぶっていた。おばさんが「おなかの足しに華世ちゃんも食べる?」と聞いてくれた。「うん」と返事をすると「台所へおいで」と呼んでいる。

行ってみるとそこには糠味噌の入った一斗樽がでーんと置いてあり、お味噌の樽の蓋がかぶせてあった。

おばさんが糠の中に手を入れて掻き回すと大根、きゅうり、かぶ、みょうが等が、ごろごろ入っていた。茄子はあまり動かすと色が悪くなること、でも糖味噌は朝晩、手を入れてやらないとおいしくないし、虫がわくんだよ、と大事そうに深く手を入れて、「美味しくしようとやたら魚の骨や、余計なものを入れる人もいるけど、腐るもとだし、塩と昆布とあたしの腕で美味しくするんだよ」と新潟なまりの残る言葉で教えてくれ、大きな紫色の茄子を渡してくれて、「遊び方は恵子に聞きなね」と言った。

茄子は塩辛くもなく、中身は白く甘味もあり、外皮を破らないように押してゆくと白い中身が取れやすくなり、指で掻き出すとするすると出てきた。

中を覗きながら食べると紫の皮が残った。色はあの毎朝見る濃い紫色で、へたのついていた所は白く、私の手の上には、中身のそぎ取られた皮だけの茄子が残った。

どうすることもなく、空気を入れて膨らませたり、そおーっと吸い込んで縮めるだけなのだが、ほんのりと茄子の匂いがして、しばらく同じことを繰り返すうちに茄子の皮が破れて、ゆっくり噛みながら、いつの間にかなくなっているという他愛のない楽しみは、本当にたまに訪れた。

学校へ通うことも、家に帰ってから、弟や妹を連れて遊ぶのも一緒。遊びの中身だけは日々違っていたが、毎日大きな変化のないこの周辺が、ある日一変した。

恵子ちゃんのお母さんの姪に当たる人が、ミス日本になって、もうすぐここへ挨拶に来るというのだ。

普段から、恵子ちゃんは抜けるように色が白く、真っ黒な髪を長く三つ編みに編んでいて、丸い顔に細い目の、いかにも新潟美人のようだったが、おばさんは地味でどちらかと言うと色も黒く、いくらか前歯が出ていて、どんな人が恵子ちゃんの従妹なのか想像ができなかった。

間もなく近所が騒がしくなったので、飛び出して行くと、黒い車が止まり、中から真っ黒で艶やかな髪を高く結い上げ、何色だったか記憶にないが、スーツをびしっと決め、かかとの高いヒールの靴を両足をそろえて、車から降りてきた。立つと、小さい顔に細くて長身だが、言葉にならない華やかさがあり、それは、それは美しく、周囲を取り囲んだ人を圧倒した。

恵子ちゃんと、大きく丸いきらきらした目が違ったし、顔の大きさも違う。でも色の白さと丸い顔の輪郭は、よく似ていた。周囲の人たちに頭を下げると家に入っていった。近所の人たちは、しばらく家の前で興奮冷めやらぬまま、集まっていたが、家の中からの声も聞こえないと分かると、それぞれの家へ帰っていった。

一時間くらいすると車が家の前に来て、ミス日本の、原田良子さんは帰っていった。しばらく恵子ちゃんも家から出て来なかった。きっと先程の原田良子さんが経験していることや、親戚の話など、沢山あって騒ぎになっているのだろうと、思っていた。

次の日に、早速昨日あったことを恵子ちゃんが興奮のまま教えてくれた。

あの綺麗な黒い髪は、専属の美容師が沢山の蒸しタオルで丁寧に地肌から髪の先までふき取って、香油を手に刷り込んで、髪の毛に浸み込ませるそうだ。その後、柘植《つげ》の櫛で、埃やふけなどを漉《す》き取り、洗髪は髪を傷めるので、十日に一度くらいなので、この髪の手入れが一番大変だと話したと言う。

賞金は母に渡し、喜んでくれたこと、一年間はミス日本の仕事が沢山あること、いろいろな会社から沢山のプレゼントを貰ったので、お礼に全部訪問もする、毎日が緊張の連続で、久しぶりにおばさんの糠漬けを食べてとっても喜んだそうだ。

自分が知っていた従妹の良子ちゃんがあまりに美しく垢抜けていて、やたらと顔ばかり見とれてしまったらしい。

原田良子さんが恵子ちゃんの家に来た時から一年後、今度はその妹が女優になった。松竹映画会社から七浦弘子の芸名で、デビューをし、恋愛物や時代劇などに出演して、名前は原田良子さんより広く知られるようになった。

私たちも映画を見ている時など、七浦弘子の名前が出ると、身内が活躍をしているような、誇らしい気持ちになったことを覚えている。


どこの家も総じて平屋で、二間《ふたま》か、小さなもう一つの部屋があるというくらいの造りで、所々には二階家があったが、どこの家庭も、たいして大きくない家に、子供が多く、小さい家に七人や八人が一緒に暮らし、肌が、くっつくような暮らし方が当たり前であったが、近くには、板橋税務事務所の建設中の工事現場があり、建築中に出る木材の端材は近所の人たちのお風呂の燃料に大工さんがくれる。また、現場が休みの日は子供たちの格好の遊び場になっていた。

危険この上ない環境だったが、遊び場にはことかかず、学校から帰ると、どこかの家に灯りが点いたら、家に帰る約束で、学校から帰ってからの時間は、どの子も忙しかった。

我が家の隣は、長い間、麦の畑になっていて、年齢の少し上の友達が、青い麦の穂から中身を出して噛んでいると、ガムのようになるといい、目の前でやって見せてくれた。おそるおそるまねをして、生麦を噛みしめてみたが、どろどろになって、気持ち悪くなったので吐き出した。やはりコツがいるらしく、噛んで見せてくれるガムにはならなかった。その子の家の子供のおやつは生の茄子、さつまいもで、茄子などは、口で噛み付くように食べるのだが、ぱっす、ぱっすと妙な音がした。サツマイモも生で食べていたが、これも、一度の挑戦で、あきらめた。私はおなかをこわしたからだ。

小学校五年くらいになると、キューピーのお人形からすらりとした可愛い女の子のセルロイドの人形が売り出されて、生地の端切れを母から貰い、人形の洋服づくりに熱中する。ただし、腕や足はゴムひもでつけられていたので、何度も腕がとれてしまい、ゴムひもを通していた穴がどんどん大きくなって、しまいには腕をつけるために人形の肩の辺りに穴を開けてゴムひもを結んで両の手を繋げたので、洋服を着せないと、不気味な人形になってしまい、おもちゃ屋さんか、父が、困ったねーと言いながら直してくれた。

小学校三年生くらいまでの遊びでは、いつの時も、近所の子供の全員が揃ったように記憶している。缶蹴り、ゴム段とび、お店屋ごっこがあった。

お店屋ごっこは一番の人気で子供の人気は銀行屋さん、あとは、飴屋、コロッケ屋、八百屋さん、それぞれ自分のお店に並べるために、飴屋はいろいろな形や大きさの違う石ころをあつめて来る。八百屋はその辺に生えている草や花、木屑などを、中でも一番手がかかるのはコロッケを作ることだった。

　家の縁の下に置いてあるいろいろなバケツやボウルを並べて、乾いた土を入れ次の器には土に水を入れてドロドロのものを、最後の器には砂をパン粉の変わりに入れる。

　小さく小判型にしたどろんこのかたまりを、並べた順番に入れてゆき、最後には砂にまみれたコロッケが出来上がり、お店に見立てた板の上へ綺麗に並べてゆく。作っている本人は手も足もスカートも、どろんこで汚れているが、本当のお肉屋さんのショーウインドウに入っているコロッケとそっくりなのが納得で、自信満々なのだ。いつの時も私はコロッケ屋になった。

　銀行屋は、新聞紙をお札のように綺麗に切って、それぞれの子に配ってゆく。お店屋へ行って希望の品物を言うと、これまた新聞紙を四等分した包装紙でくるんで、お札と交換をする。

　どの店の品物も、相当高い値段がついていて、お金がどんどんたまってゆく。たまったお金を銀行へ持ってゆくと、大人の使用済みの紙の裏とか、たまに来る広告の紙の、裏に印刷をしていない白い紙を通帳にして、数字とその横に、判子の代わりに泥んこに指を入れて捺印をしてくれる。

三時間くらい遊ぶと飽きてきて、銀行屋が、誰が一番貯金をしたか、みんなに報告をして遊びが終わる。

帰りはどの子もくたびれて、衣服は汚れ、多分親に叱られるのが分かっているから、憂鬱なのだが、この大掛かりな遊びはひんぱんに楽しんだ。


中学校へ進級をした一学期に、一か月くらい過ぎた頃、扁桃腺炎から腎炎を患い、約一学期間休学することになってしまい、一日おきに往診に来てくれるお医者さんと、母と、私とが、コップの中の尿とにらめっこの日が続き、見た目には、足のむくみくらいしか症状が分からない。

塩分を極力減らした食事や、寝ていなくては病気が治らないと、厳重に注意をされていたので、毎日毎日、いらいらとして過ごした。

ようやく、通学が許されて学校へ行った時、教室の中で生徒のみんなから、「この子、初めて見た」と言われ、私はこの日の朝から、張り切ってみんなの顔を思い出しながらわくわくしていたのに、どーんと落ち込んだ。

勉強が始まると、数学は、代数など、小学校では見たこともない内容が進んでいて、まるで理解できず、このころがきっかけか数学が苦手になった。

しかし学校はやはり楽しく、一クラス五～六十人以上がいて、一年生だけで十二クラスあった。


体操着はみんなおそろいだったが、通学の服装は制服などなく、スカートの子やズボンを履く女の子、さまざまであった。

ある時父母会があった日の午後の校庭で、誰かのお母さんが私を呼びとめ「ぼく、ぼく、二年C組の教室はどこから入るの?」と聞いた。私はむっとして、「私は男子じゃありません、すぐ横の入り口から入ってすぐです」と答えると、「あらごめんなさい」と言い、大笑いしながら歩いてゆく。

自分の姿を昇降口のガラス戸の前に立って眺めると、ショートカットに細い体、おまけに日に焼けた顔、紺色の上着に同じような色のズボン。この日を境に、ズボンを履いて登校をするのをやめた。

中学になると給食はなくなり、みんなお弁当を持ってきた。

いつも成績の良い女の子は、アルミ製の分厚い弁当箱を広げると、必ず、まぐろの味噌漬けと沢庵が入っていて、毎日昼食の時は弁当箱の横に本を広げて、熱心に読みながら、ぎっしりと詰まったごはんを箸できれいに升目に整えて、もくもくと、目は本から話さずに口へ運ぶのに、見とれていた。

自分もまぐろの味噌漬けを焼いて、おかずにしてみたが、ちっともおいしいと思わず、すぐにやめた。

また、早くにお母さんが病死した友達も自分でお弁当を作ってきていた。時々、カレーの日があって、冬はストーブの上にお弁当箱を置く子がいたので、だれのおかずか、匂いで分かった。

教科書、体操着、靴、上履き、どれも一度買ってもらったら、なくしたり、壊すと、代わりがなく、みんな自分のものを大事にした記憶がある。

上履きは週末に家に持って帰り、石鹸で綺麗に洗った後、白墨を削って粉にし、水を少しずつ入れて溶液にして上履きに塗ると、乾いた上履きは真っ白で買った時のようになり、歩くと白い粉の飛ぶのが気になったが、月曜日の朝は白い上履きが、自分の気持ちを引き締めるようだった。

学校の帰りに、文房具屋さんへ寄ると、沢山の文房具の他に、洗濯ばさみが丸くついた物に、映画俳優のブロマイドをはさんで売っており、それをためるのが流行《はや》っていた。

ある日、姉がブロマイドを買おうとしていたら、警察の補導の係だと名乗るおじさんに捕まり、住所や名前を聞かれて、文房具屋のおばさんのとりなしで何事もなく帰ってきたが、母も、文房具屋さんのおばさんも、警官の点数稼ぎかもしれないと怒っていた。

これ以後は、ブロマイドがほしい時は、浅草のマルベル堂へ行った。

ここは一番新しい物が物凄い量で壁に飾られて、買うことを注意される心配もなく、ながーい時間眺めて、二枚ほど買い、満足して帰ってきた。

近所の友達は、一度も浅草などには、遊びには行かなかったので、少し得意でもあった。

もちろん、七浦弘子さんのブロマイドも売られていた。

ギブミーチョコレート

日本が戦争に負け、アメリカの進駐軍が常駐し、また、朝鮮戦争も終わり、アメリカ軍の引き揚げや成増の米軍基地に駐屯をする部隊の移動などで板橋の周辺も騒がしかった。

家の近くの東上線に、毎日ではなかったが、ある時間が来ると、どこからか池袋を中継し成増の駐屯地に入るアメリカ兵が沢山乗ってきた。

そして不思議なことに、大山駅近くに来ると減速をする。

今になってよく観察をすると駅近くの大きなカーブを描く場所だったが、電車の窓が大きく開けられて、アメリカ兵がいっせいにお菓子を窓から投げてくれる。ビスケット、キャンディ、ガム、チョコレート、特にチョコレートはミルキーウェイと言って、まんなかの甘く不思議な舌触りの飴が芯になって、外をチョコレートが包み、噛み切ろうとすると、ねっとりとした感触が味わえて、一番の人気だった。また、ピーナッツの入ったものもあった。

電車は減速はするが、止まるわけではなかったので、とても危険であり、お菓子を追いかけるのに夢中で、電車に接触をしたり、転んで轢かれそうになったりで、大人たちからは、どの子もお菓子の放り投げに出かけることをきつく禁止されていたが、多くの子供たちがいつも群がっていた。

私の家では特に母親が、「いくら日本がアメリカに負けたからと言ったって、乞食にばら撒くような真似をするなんて」と憤慨をしていたので、見つからないように用心をして出かけた。近藤さんも先頭にいた。

私は慣れていないのと、親の顔が見えそうで、おどおどしてなかなか手にすることが出来ない。近藤さんを見ていると、前に出て手を振ってアメリカ兵の注意を引き、お菓子を沢山スカートの中に放り投げてもらっていた。

電車が行ってしまっても、残って辺りをくまなく見て歩く。スカートの中はどの子供より多く、恨み言《ごと》を投げかける子供をにらみつけ、帰ってゆく。少しの間は続いたのだろうか。まもなく大人が騒ぎ始めた。

何人かの子供は、ギブミー、とか、ギブギブとか叫んでいたのを記憶している。どんな場面でも、近藤さんが大声で、という場面を思い出せず、多分私よりずっと、ずっと口数が少ない子であったのかもしれない。ところどころの喧嘩の場面では啖呵《たんか》のようなものの聞き覚えはあったが……

この頃の小学校では、子供を栄養失調から守るために、早く給食が始まった。脱脂粉乳や、乾パンなどが、ひんぱんに給食には使われていた。

戦争中には、長野県に疎開をしていて、母の努力も大きかったのだろうが近所の温かい助けがあり、母と子供三人の食生活は都会よりもかなり恵まれていた。後に、父が戦後、中国の戦地から帰還をし、長野県にたどり着いた時、家族は沢山の苦労の末、痩せ細ってしまっているだろうとしか頭になく、覚悟をして玄関を開けたそうだ。

「思いがけず、丸々と太った親子が飛び出してきて、安心やら、嬉しいやらで、いっぺんに腰が抜けた」と言っていた。

自分のほうが栄養失調でガリガリに痩せていた。

帰ってきた直後は、ただひたすら、何でも食べたくて、貪《むさぼ》るように口に入れ続けていたら、近所のお年寄りから、一度に食べると死んでしまうと注意され、飢餓感から解放されるのには、根性と時間が沢山必要だったと、随分大きくなってから聞かされた。

しかしこの長野県に疎開をしている最中に、弟が亡くなった。弟が生まれてまもなく出征をしたため、弟は父の顔を知らず、こわごわと「おじちゃん」と言い、父が「やだなあ、早くお父ちゃんと言え」と言うと、すぐ泣いて怖がるのを寂しく思い、弟の話をしながら、「戦争は嫌だなー、親子の縁も薄くする」と嘆いたそうだ。

父が、戦地であった中国の山の中を帰還している時、一軒の農家から大人の大きな泣き声を聞いた。うろ覚えであったが、「坊や、坊や」と泣く声が聞こえてくる。おそるおそる、農家の中を覗くと、小さな男の子を寝かせた布団の両側で両親と思われる二人が泣いている。

少し離れた部屋の隅には、おじいさんとおばあさんと、七歳くらいの男の子がうずくまるように、肩を寄せていた。

子供が病気だとはすぐに分かったが、今、自分が出て行ったら、敵なのだから攻撃されやしないかと、様子をうかがっていた。

側《そば》には、大きなお鍋に高粱《こうりゃん》(穀物の一種、中国で広く栽培される)らしきものが、湯気を立てていた。側に小さな茶碗が置いてあり、子供用の物とすぐに分かった。

すると、父を見つけた家の人が、凄く怖い顔で「日本兵か？」と聞いてきた。

「そうだ、日本へ帰る途中で、道に迷った」と返事をすると、武器を持たない父の姿に安心したのか、子供のことで頭がいっぱいなのか、身振り、手振りで子供の容態を伝えてきた。

「栄養が足りないので、下痢が止まらないから弱っている。高粱を煮て食べさせているが、治らない」と言う。

父は「コメはあるか？」と聞くと「少しだけある」と。二人に、このままでは治らない、コメを洗い、沢山の水を入れて火を小さくしてゆっくりと煮ること。白いトロトロのものが浮いてくる、この汁を少しずつ飲ませ、様子を見ること。下痢が少なくなってきたら、軟らかくなったコメ粒をつぶして、少しずつ食べさせてみること。一度に沢山食べさせないこと。温かいお湯を飲ませること。

必死の身振り手振りに想いが伝わったか、何度も何度も手を合わせて頭を下げてくれたが、気が付いたら二日過ぎていた。

早々にまた山に入り、帰り道を探した。

戦争は、自国他国を問わずに、犠牲になるのは兵士ばかりでなく、全てを痛めつけ、苦しい日常を強いられるばかりだと……

父は、戦争の経験をあまり話したがらず、ごくわずかに聞かせてもらった話だ。戦地にいて悲惨だったのは、敵と遭遇したことはごく少なかったが、味方の隊の中での、人間性無視の上官との激烈な最悪の人間関係と、絶対的な食料の枯渇。あまりの飢えに、森の中を行軍していて、蛇や蜥蜴まで捕まえて食べるし、人の軍靴を盗んで、煮て食べるものも出たと、壮絶な一部だけ漏らし、顔をそむけたい経験だと、吐き捨てるように言い、後は口をつぐんだ。

その頃、おいしい牛乳が市販されていたのかは覚えがないが、給食の脱脂粉乳はお世辞にもおいしいとは思えず、匂いもきつく、生徒の多くが残していた。飲み残したことが見つかると叱られるので、教室の床に撒いて、みんなで雑巾がけをして誤魔化した。

また、乾パンはこれも古かったためと思われるが、割って中を見ると白い虫がわいており、とても気持ちの悪い代物《しろもの》で、この時から、乾パンを食べる時は、必ず割って中を確認をする習性が身に付いた。これは、私だけではなく、同じ時代を生きてきた多くの人たちが体験をし、習性にさえなっている人もいる。

時折、献立に出てくるシチューはおいしかったが、入っている肉が食用ガエルと聞き、お風呂に入る時には、全身を眺めて、どこに蛙の肉が付いたか、確かめずにはいられない、複雑な気分を味わった。

たまに出る豪華版は、コッペパンを丸のまま油で揚げてあり、お砂糖がまぶされている揚げパンはみんなの一番の人気だった。

給食は、楽しむ食事というよりも、命をつなぐ食料だった。


疎開から戻って、数年後、生活も少しずつ、少しずつ、まともになり始め、親の仕事休みには、嬉しいことも出てきた。

家族で上野動物園へ出かけるのはとても楽しみであったし、一年に数えるくらい特別な日の上野のレストランで食べる夕食には、テーブルいっぱいに並んだお皿に夢があふれていて、子供の私たちに自覚はなかったが、親にとっては、心の余裕を、子供にとっては、日常とはかけ離れた、贅沢な世界を味わう感覚であったようだ。


山手線に乗ると、必ず白い着物に兵隊さんの帽子をかぶり、時たま、腕章も付けた傷痍軍人と呼ばれる、戦地で傷を負って帰還した人たちが、お金を入れる箱を首から提げて、車両の中で一人ひとりに頭を下げて、物乞いをしている。

誰ともなく次々と小銭が箱に投げ入れられて、一巡をすると次の車両に移ってゆく。みんなは痛々しいその姿に、押し黙っているが、父の思いは複雑で、「遭いたくないなー」とため息をついていた。

人の多く集まる所には必ずいて、迷惑そうにする人、また、丁寧に「ご苦労様です」と言う人もいた。大方の人は対応に戸惑っていたようだ。

年が変わり、目にする風景や人々の様子が少しずつ変化をしてくると、段々と目にする機会も減った。

隆志さんの孔雀

四つ叉通りの角に、荒井屋という酒店があった。

いつも、お味噌、酒、その他の調味料を買いに行く店だ。醤油を買いに行く時は家から中身が空の一升瓶を持って行く。醤油は大きな樽に入っていて、家からもって行った一升瓶の栓をぬいて、じょうご（漏斗《ろうと》）を据える。樽の醤油の出口の木製の栓をそおーっとゆるめながら引くと瓶の中へ醤油が吸い込まれてゆく。一杯になると樽の栓をまた強く差し込み、醤油の出を止める。仕上げに醤油の匂いと色の染み付いた手ぬぐいで瓶を拭いてくれる。味噌も浅めの大きな樽に入っていて、麹の多い味噌、滑らかな甘めの味噌、色の黒い、辛目の味噌といくつもが並んでいる。「いつものお味噌をください」と言うと、母がいつも使うものを、適当な分量に量ってくれる。

店の中ほどの大きな台に秤《はかり》が据えてある。目盛りを見ながら重りを動かして重さを固定すると、秤のアルミ台の上に竹の皮を載せる。樽から大しゃもじで味噌をすくい、竹の皮に乗せ、足りないと足したり、多いとそぎ落としてもとの樽へしゃもじを投げ戻すのだ。

秤と味噌樽が離れているが、いつの時も、おじさんでもおばさんでも、若いお兄さんでも、大きなしゃもじを樽に向けて投げ入れるその儀式は正確で、戻されたしゃもじは味噌の上へすくっと立っていた。

量り終えた味噌を竹の皮で三角にくるみ、新聞紙で丁寧に包装をしてくれる。酒、酢、等は瓶詰であったため、お店はいつも味噌のいい匂いがしていた。

この酒屋さんの住まいは店続きで、広々としていた。

庭には実のなる木が色々植えてあり、いつも何かしらの花が咲いていた。

ふっくらとしたお母さんと、痩せて神経質な雰囲気のお父さん、お父さんによく似た長男のお兄さんがお店を経営していた。

私が十歳くらいの時、扁桃腺が腫れてしまい、高熱が出て、医者の治療で治ったと思っていたのが、余病が出て急性腎炎になってしまった。

むくみで顔も手足も膨れてしまったが、もともと痩せていたので、家族は少し太ったくらいに思ったらしく放置していた所、荒井屋のおばさんは「華世子ちゃん、足を出してごらん、ちょっと押してみるよ。あら、やだ、浮腫《むく》んでいるわ、やっぱり。おかしいと思って見ていたけれど、これは大変、早くお母ちゃんとお医者に行っといで。買い物はおばさんが届けておくよ」と言ってくれて、また注射は嫌だなあと思いながら、母とかかりつけの病院へ急いだ。

血液検査と尿を調べて、ブドウ状球菌による扁桃腺炎からの余病で、急性腎炎になっている。食事療法と薬で治す。これから先生がいいよと言うまでは塩分を極力取らないように、ときつく注意をされ、尿の検査薬を渡された。

しばらく学校も休み、毎日、なるべく動かないようにして、塩分の少ない食べ物で過ごした。一日おきにお医者さんが診察に来てくれる。

食べたいものも我慢、動きたいのも我慢、こんなにむくまないうちに気がつけば、早く治ったのにと聞かされて、荒井屋さんのおばさんが気がついてくれて、本当によかったと胸をなでおろした。

もう少し気がつかないでいたら、慢性の腎炎になり、一年も二年も病院で暮らすようだったと、医者から聞き、母は「ごめんね」と私につぶやいた。

この荒井屋さんの広い庭の片隅には、小さい離れがひっそりと建っていた。家から離れまで細い細い通路が出来ていて、両側にはいちじく、桃、毎年沢山の実がつく柿などが茂り、離れの隣の片隅には半坪くらいの鳥小屋があった。

この鳥小屋には、大きくてそれは豪華で艶やかな美しい羽を広げる孔雀が二羽飼われていた。

雄と雌のつがいで、時折、覗くと大きな卵が産まれている。

鶏や、鳩を飼う家はあったが、孔雀を飼っていたのは荒井屋さんだけだ。

動物園へ行かなければ、孔雀を見ることなど出来ない、凄い鳥小屋だ。

私は、この通りを歩く時、何度も、何度も、鳥小屋を覗いていた。本に、孔雀が羽を広げる時は、怒って興奮をしている時と、お嫁さんを探す時だと出ていたので、驚かしてみたいと思い、方法を考えていた。怒って羽をひろげると、古い羽根が落ちると書いてある。滅多に羽根が落ちてはいなかったが、たまに地面に落ちている孔雀の羽根を見つけると、誰が拾うのか、その羽根をどうしておくのか、羽根の行方が気になっていた。


洋画のポスターに、中世の貴婦人が、大きく結い上げた金髪に、波打つように膨らんだスカートを履き、レースのショールを肩に掛け、手には、美しい大きな孔雀の羽根が何枚も重ねられて出来ている扇を胸のところで広げて、にっこりと微笑んでいる姿があった。

また、映画の中でも金ぴかの部屋にしつらえてある、飾りの彫刻が施された机に孔雀の羽根で出来たペンが、ペンケースの中に置かれている。そんな絵が、頭の中には残っていた。だから孔雀の羽根は夢の世界へ誘い入れるための、ゆらゆらとあおる、道具のように思えていた。

孔雀の羽根の扇子から、いい匂いでもするのか、知りたかった。

学校の帰りに、鳥小屋を覗こうと垣根に顔をつけていたら突然大きな声がした。声は大きいし、怒っていることだけは分かるが言葉が不鮮明で、よく分からない。そうか、いつも、近所の男の子たちがからかったり、囃《はや》し立てたりしていたのは、ここに住んでいる人のことだったのかと、思い出した。

大人たちも、「荒井屋さんちの、病人」とか「変人」と噂をしているのは知っていた。

名前は隆志さんで、次男だった。

あの大きな声は、きっと覗かれて、子供たちに囃し立てられて、時には垣根の外から石を投げられ、いじめられていて悔しいんだろうなあーとは思ったが、怒りながらうめくような言葉は、私も怖かった。声を聞いたことはあったが、姿を見たことはなかった。

ある日、学校の帰りに垣根越しに鳥小屋をのぞくと、隆志さんがよろめくように鳥小屋へ向かい、一歩一歩、歩いてゆく。

右手の甲は内側にまがり、その手をおなかにつけて、左手を大きく振りながら内側に大きく曲がった足を交互にゆっくりと出して進む。一歩進むたびに大きく体が揺れて倒れそうだ。

鳥小屋へ近づくと曲がった右手を使って入り口の戸をあける。鳥小屋の孔雀たちは騒ぎもせずに隆志さんをよけている。なんだかとても慣れているように見えた。隆志さんは、卵が産まれているかを確認してから地面に落ちているあの孔雀の羽根を一枚一枚拾ってゆく。見ていると三本あった。

黒色、金、赤、緑、がきれいに丸く並び光っている。羽にも大小があることが分かった。しばらく見ていると隆志さんが私に気がついた。

ゆっくりと振り向いて、とても険しい顔で「帰れ、帰れ」と言っている。

「分かったよ、帰るよ、また来るね」と返事をして家に帰った。帰りがけに離れの戸が大きく開いていたので、隆志さんの机が見えた。

机の上の大きな花瓶に、孔雀の羽根が何枚も何枚も、生けてあり、そこだけが豪華絢爛と輝く一隅《いちぐう》であった。

ここは隆志さんが世話をしている、隆志さんと孔雀の家なのだと、理解をした。

近所では誰一人、羽根を貰ったという子はいなかった。私も欲しくて年中覗いていたが、隆志さんと一度も話したこともなく、欲しいなどと口に出来る雰囲気ではなかった。

家に帰って母に隆志さんのことを話すと、「病気の名前は多分脳性麻痺だと思う、但し、この病気は、体はきかないけれど、頭のいい人が沢山いるから、本人もお母さんも、とても辛いだろうね」と言った。孔雀の世話があの不自由な体でも出来るのも、机の周りにあった沢山の本も、なんとなく納得できた。

声を出す時は、首を何度も回し、ようやく口から出てくるとよだれも一緒に出てしまい、一言、一言に体全体を使い、必死な様子が分かるが、きっと分かってもらいたいことが、もっと、もっと、沢山あるんだろうなと、何度もあの必死の顔を思い出しては、考えていた。

何かを言ってるのに意味が分からないことが、私の頭の中で、もやもやとして年中気になりだした。学校の帰りに度々孔雀を見に寄りながら、隆志さんが出てくるのを待った。

何度目かの夕方、また、鳥小屋に入っているのを見た。

思い切って「卵、産んでる?」と声をかけると、ゆっくりと振り向いて、首を横に振った。苦しそうに体をよじりながら「おしいか？」と聞いてきた。きっと「欲しい？」と言ったんだと思って、「卵はいらない」と返事をする。するとくぐもった声が「あねか？」と聞いてくれる。「うん、孔雀の羽根が欲しいの」と言うと、大きく首を縦に振ってくれた。「孔雀の卵は、割ると、いろんな色がついているみたいで、気持ちが悪いから、食べられないでしょ？」と聞くと体を大きく揺らし、倒れそうになって、ひくひくと声を詰まらせて笑っている。笑いながら顔を何度も手でこすって、よだれを拭きながら小屋から出てきた。

またゆっくりと歩いて部屋へ入り、ガラス戸を開けて、おいでと合図をしてくれた。垣根の小さな戸を開けて入ってゆくと、倒れこんだような格好の隆志さんが孔雀の羽根を一本持っていた。

綺麗に汚れを拭いてあり、艶《あで》やかな大き目の羽根を渡してくれた。「ありがとう」と言ってからそーっと鼻に近づけて匂いを確かめてみた。特別な匂いなどしなかった。

隆志さんが「なんか変か？」と怖い顔で聞いた。「いつも孔雀を見ると凄く綺麗だから、どんな匂いがするのか、確かめたかっただけだよ」と言うとまた、ひくひくと声を詰まらせて笑っている。二人で大笑いをしていたらお店の方からおばさんが走って来た。

「あら、華世ちゃん遊びに来てくれたの？」と笑っている。「隆志さんに羽根を貰ったの、ありがとう、ずっと欲しかったけど言えなかったんだ。ありがとう」と言って帰ってきた。帰り道、隆志さんの言葉を思い出すと、伸ばす時は決まっているし、聞き取りにくい所が、あ行に直すと分かったり、沢山のことを話すことがないので、ゆっくり聞くと理解が出来た。分からないと何度も聞いたが怒らなかった。

なんだか羽根を貰ったことと同じくらい、嬉しかった。

それから、庭の木の下に毎年、大きながまがえるが来ること、ここの柿は沢山なるけど、渋くて、まずいこと、少しずつ話が理解出来て、たまには、隆志さんの希望をおばさんに伝えに行ったり、本を見せてもらったり、お母さんが言っていた通り、隆志さんは頭が良かった。年齢は私より五歳くらい上だった。

そして、みんなはそんなことも知らないで、隆志さんを馬鹿にしていた。

しばらく出かけていって、羽根を貰ったり、学校の話を聞かせたりしたが、一度も学校へ行ったことがない隆志さんが、分かってくれるように、様子を伝えるために、物凄く沢山、沢山、しゃべった記憶がある。

特に遠足の話は何度も何度もして、出かけた場所より、みんなで並んで電車に乗った様子や、鉄橋を渡る時下を見たら、川の水がごうごうと音をたてていて怖かったことなど、話す私が飽きるほど繰り返した。家からあまり出ることが出来なかったから、きっと想像の中で楽しんだのか、どんなにしゃべっても、うるさがらないで、首を振り、曲がった手をゆらして、相槌《あいづち》をうって、聞いてくれた。

私が中学生になると、毎日の生活のサイクルが変わって、隆志さんと話す時間がなくなった。時折、母から、「隆志さん具合がわるいみたいよ」など聞くことがあったが、だんだん、遠い人になったようだ。

十数年後、私が結婚して子供と実家へ出かけた時、母から、「随分前に、荒井屋さんから、お宅の華世子ちゃんをうちの長男の嫁にと、考えてくれないかしら？　と頼まれたことがあったけど、まだ学校に行っていた頃だったから、断ったことがあったよ」と聞いた。

結婚をして、私は長男を出産したが、出産時のアクシデントで長男は知的障害を負っていた。母の話を聞いて、隆志さんのお母さんが、あの頃、わが子と、どんな関わり方をしていたのか、いろいろな場面を思い出していた。

あの孔雀を隆志さんに育てさせたこと、離れから毎日、沢山の実のなる木が眺められるような庭、気兼ねなく過ごすための小さなお城……。

隆志さんより、お母さんの姿が鮮明によみがえった。

息子と私との、二人のやり取りをどのように見ていたのか、私を長男の嫁にと考えた思いが、全部、一瞬のうちに理解が出来た。そして臨場感を持って、突き刺さってくるようだった。

時間や、場面を超越して、不思議なつながりが、延々と存在する気すらした。隆志さんと孔雀と私の、忘れてしまいたくない思い出だ。

サーカスボーイ

「みなさん、おはようございます。今日から五年二組の仲間になる転入生を紹介します。名前を橘俊一君と言います。後ろの黒板に名前を書いておきました。元気な子なので、皆さん、仲良くしてください」と転校生を紹介した。背丈は大きいほうではないが、坊ちゃん刈りに広いおでこが印象的で姿勢がよく、左右、そして真ん中にきちんと礼をした。私のすぐ後ろの席についた。

みんながひそひそと彼について話すのを先生が注意をして、一時間目は国語の時間であったのでそのまま授業に入った。その日は一日中、みんな落ち着かず、遠巻きに観察をしていた。

二〜三日たって、授業が終わって帰り支度をしていると、後ろから指で私の背中につんつんと合図を送ってきた。振り向いて「なーに？」と言うと「学校の帰りに家に来ない？」と言った。転校生に興味があったので「いいよ」と返事をして二人で家に向かった。「びっくりするなよ」と何度も言うのでだんだん不安になって「なんでなの？」と聞くが教えてくれない。家からは随分離れていて、学校からさらに遠くの方向へ歩いて行く。それからは「まだ？」「まだ？」を繰り返しながら進むと広い空き地に出た。

大きなテントが二ヶ所に張ってあり、周りにはトラックや、大きな箱がいくつも置いてある。まだ荷物がほどかれないままになっていた。一つのテントから、ブオーとか、ウーッとか、キーキーとか、動物の鳴き声がして、反射的にサーカステントだと分かった。

「ここが、橘君の家？」と聞くと「うん、そうだよ。今、舞台を作っているから中に入ると怒られるけど、こっちはいいよ。だけど、いつもは入っちゃいけないところだから、下から覗くだけね」と言い、テントの傍らまで行くとそっとテントをめくってくれた。

一瞬、動物の強い匂いがして少し怯んだが、目を凝らすと奥のほうに大きなクマが入れられた箱、チンパンジー、ポニーが柱に繋がれていて、全部の目がいっせいにこちらを向いた。

熊はよく見えなかったが、ポニーは三頭いて、栗毛色や真っ黒な毛並みに、白い鼻筋の通った一頭は、丸い目にまつげがカールをしたように上を向きとても愛らしかった。

その時、ポニーの口から物凄く臭い息がこちらに向かって吐かれたので思わず「やだー、臭い」と叫んでしまった。

飼育係のおじさんが飛んできた。「何やってんだ？　臭いなんていうな、動物なら当たり前だろうが。いいかよく見ろよ、ポニーだって熊だって前足、後ろ足、足ばっかりで手なんてないんだぞ、口を磨きたくったって出来ないんだ。しょうがないだろう？　分かったら臭いなんて言うな。動物は敏感だから悪口を言うやつには、絶対になつかないぞ」と叱られた。

「家の犬はこんなに臭くないのに」と小さい声で言うと「お前が犬に慣れているし、大きさがちがうじゃない？」と言われて、そうなんだと納得して、大きい体の動物がかわいそうになった。

橘君に、動物の悪口を言ってしまったようで心配になった。

それから、橘君が外に組み立ててあった鉄棒の上にひょいと乗り、凄い速さで渡ってみせた。

「明日からはもっと凄いのを見せてやるから、またおいでよ」と言ってくれたので、学校が終わると家にカバンを置き、まっすぐサーカステントを目指した。

二張りのテントは昨日と違ってきっちりと皺一つなく張られている。テントの一面に、「橘サーカス団」と書かれ、ピエロの洋服に使われる色の大きな大きなリボンがテントのてっぺんから流され、中からはスピーカーの調整をしている音が聞こえていた。

中に入るとお父さんとお母さんがいた。「学校のお友達？」と聞かれたので「こんにちは」と頭を下げた。

テントの中は、天井の端から端へ網が張られ、高い所で鉄の棒が組まれてブランコが下がっている。これは空中ブランコだ。

舞台があって、その隅のほうに大きな樽、長い竿、旗のついたスタンド等、絵に出てくるサーカスの風景が広がっている。客席は板が敷いてあり、舞台の前の隅に「貸し座布団あり」と書いてある。

橘君が「明日からサーカスが始まるけど、ただで見る友達は連れてきてはいけないから、後ろのほうとか、夜なら来ていいよ」と言う。理由は分かっていたので「家じゅうでサーカスを見に来るよ、その時一緒に見よう」と約束した。

空中ブランコはお父さんともう一人の男の人が、綱渡りと樽回しはお母さんがやった。もう一つ、お母さんが台の上で高く足で持ち上げた障子に、女の子が出たり入ったりして手を振った。

お母さんは背が低く太っていて、足が短く見えるし、白い股引《ももひ》きのようなズボンと襦袢《じゅばん》を着ているのでちょっと格好が悪かった。

私たちに動物の注意をしたおじさんは、ピエロの格好で風船と数種類をセットにしたお菓子を売っていた。お菓子は少し高いらしく、あまり売れていない。

サーカスは毎日開かれることはなく、またそれほど広い客席ではなかった。幼稚園や小学校の生徒が見に来たりして、三か月が過ぎた。

一年のうち、どうしても起きてしまう怪我や、病気、天気の都合、それに移動、次の興行場所の選択、練習や準備とで興行を打てるのは半年がいいところだと、親同士の話で分かった。

私が想像をしていた楽しそうな毎日とは程遠い、厳しい仕事なのだ。

三か月後、橘君が私の家に来て「明日からまた違うところへ移動なので、さよならを言いに来た」と言う。「学校へはもう来ないの？」と聞くと「いつもそうだからいいんだ。もし、またここへ来たら、必ず来るから引っ越さないでよ、じゃーね」と言った。きっと大人になったら、空中ブランコが上手くなっているんだろうと思いながら、とても寂しかった。

サーカスの文字を見ると、夢いっぱいの華やかな舞台と、さよならを繰り返して生きる橘君を思い出し、もの悲しい気持ちをもてあます。

妹のにわとり

九つ違いの妹が「ただいまー」と言って帰ってくるなりテーブルの上に、包装紙に包まれた重そうな荷物をどさりと置いた。

顔を見るといくらか不機嫌な様子、荷物を前に説明をしだした。

氷川様の縁日に行った時に友達と買ったひよこのことだった。「お姉ちゃん、可愛いひよこだよ、大事に育てると今においしい卵を一杯産んでくれるよ、触ってごらん、あったかいだろう？」と声をかけられて友達二人で一羽ずつ買ったのだ。

雄鳥の二羽だけが大きくなっても、卵を産む筈もないことを知らない五～六歳の二人は、ひよこを友達の家の廊下で大事に育てた。

あっと言う間にひよこはどんどん大きくなり、白い羽、頭を見ると赤いとさかが生えてきた。

雄鳥だったのだ。二人がまめにえさを与えるのでどんどん育ち、やがて夜明けに大きな声でコケコッコーと騒ぎ出した。

友達の家が表通りに面して、店や住まいが立ち並ぶ商店街だったので近所から苦情が出始めた。

親に「始末をしてこい」と叱られて二人が決めたことが、かわいそうだったが鶏肉にしてもらうことだった。
近所の大きな鳥専門のお店に二人が頼みに行くと快く引き受けてくれたと言う。
「夕方、取りにおいで」と言われて二人で行ったら、竹の皮の包みをそれぞれに渡してくれたそうだ。
子供なりに複雑な思いもしたのだろうが、夕飯の鳥鍋は元気に箸が進んだ。

この頃より少し前まで、犬も食べる人がいて、特に赤犬は体が温まると話す大人のことが気になり、家で飼っていた雑種だが利口な茶色の毛の、アカと名づけた犬が心配になった。

いつも遊びに行く原っぱには、片隅に煉瓦で組み立てた雀を捕るための罠がセットされていた。子供たちも見よう見まねでレンガを組み待っていたが、一羽も捕れたという話は聞かれなかった。

自転車はどこの家でも早くから活躍をしていた。

大人が使わない時にだけ子供にも使用が許されたが、全て大人用、そして頑丈な作りで、ハンドルからサドルまで太いパイプが渡してある。全体に重く武骨に出来ていた。子供が乗る時はハンドルに両手をかけ、パイプの三角になっている所から片足を出し、両方のペダルに足を乗せて漕いでゆく、三角乗りが当たり前で、男の子たちは凄いスピードで走り、傾斜の強い坂を上ったり、とても器用に乗りこなしていた。

我が家に子供用の自転車が来たのは十歳くらいの頃、父が進駐軍の兵士の家庭から出る中古品を見つけてきた。

ペンキの塗装はどこにも残っておらず、レンガ色のさび止めが何度も何度も全体に塗り重ねられていてハンドルの持ち手のところ以外はザラザラで、指でこするとレンガ色がついた。

少し乗り回してから降りて洋服を見ると、自転車とこすれたところはレンガ色がついた。それでも貴重な子供用自転車は、近所の子供たちの憧れの的になり、みんなでかわるがわる乗り回した。

半年ももたず、ハンドルを支えるパイプが折れて、使えなくなった。

お祭り

年に一度のお祭りは、大人にも子供にも、一大イベントで、一基のお神輿《みこし》は大人によって担がれ、一基の山車《だし》が子供によって引かれる。

それぞれの町会のお揃いの浴衣を着て、名前の入ったてぬぐいを首に下げ、頭には豆絞りのねじり鉢巻、お神輿を担ぐ威勢の良いお兄さんたちはお化粧もしていた。

沢山の男の人がお酒を飲んでからお神輿を担ぐので、声も大きく、顔も真っ赤で、お神輿にぶら下がるような人もいて、怖いので、遠くか、または知っているお店の二階から見物をする。お神輿がどこかのお店に突っ込むこともあり、普段の行いがよくないと、やられるんだ、など、怖い話を聞いた。

家が四つ叉町会と二丁目町会の境目に建っていて、父が両方の町会にお祭りの花代を寄付してくれたので、私たちは二度のお祭りを楽しんだ。

二～三人の子供の目が、賑やかに集まっている子供や大人たちを高い所へ登ってチェックをしている。お祭りに参加するメンバーが、本当に町会の人間かどうか？

私たち兄弟も、チェック係の子から何度も町会が違うと突き上げられて、その度に、お神酒所《みきしょ》の隣に立っている、寄付を張り出した大きな看板に指をさして、我が家の名前を確認してもらい、権利のあることを強調をした。

子供たちや大勢の大人の中で、一人、要注意のおばさんがいて、人一倍大きな袋を持ち、そこいら中の町会のお祭りに出かけて、お菓子稼ぎをしているらしいと、ささやかれている。子どもたちは、自分たちに配分をされるお菓子を守る気だ。大人は、お祭りはどこの子も来ていいんだよと言っていたが、チェックをするには理由があった。

それは山車を引いてゆく途中で、町内で営業をしている、表通りに面したお店や、会社等が、角々《かどかど》に山車を止めて子供たちに、お菓子、飲み物、梨等を配ってくれる。その量は半端《はんぱ》ではない。

寄付の中から町会が品物を揃えるだけでなく、町内の各店や会社、大きなお屋敷が、それぞれに道路の端に台を作り、どっさりとお土産を用意をして配ってくれるからだ。お祭りを楽しみにする一番の理由がこれであった。

どの子も手に提げると地面に引き摺りそうな程の大きな袋をぶらさげて、山車の綱を持っている。

山車の上で太鼓を叩く子は、私たちと違うご褒美が出るのか、一度も欲しそうな素振りを見せないのが、不思議な気がした。

太鼓を叩いてはみたいが、お菓子や沢山のお土産は、太鼓より、もっと魅力的であった。

重たい袋は、お菓子や果物にまざり、夜店の金魚つりや、わた飴、お面を沢山吊るして客を呼び込む店や、割りばしを突き刺したみかんが丸ごと水飴でまぶされてわらの柱に刺さって買い手を待っている。沢山のどよめきと祭りの興奮が、一緒に入って、はち切れる程、膨らんでいた。

年の一度のお祭りは、どんなに時が過ぎても、頬にふわーっとまとわりつく熱気と共に、のんびりと進む山車を引いて、その周囲を覆うような子供の歓声、大勢の大人たちが、朝から晩までお祭りに情熱を迸《ほとばし》らせて、普段とは違う顔を見せて、色濃く、雑多な賑やかさが、よみがえってくる。

職人脱落の川口さん

戦後の復興が始まり、同時にアメリカの進駐軍が、日本の各地に基地の建設をする工事が始まった。戦地から帰った父は、戦前の仕事上の付き合いのあった人の紹介で、基地建設の仕事に入った。

東北の拠点として山形県に基地を建設する工事現場の監督として、働き始めた。基地建設の場所に入る前に、「この現場一帯は、治外法権の場所であること、アメリカ兵にとっては少し前までは、敵国であったところで、まだまだ緊張の続く敵地の中を日本人が走ることは、脱走や、反逆のイメージになり、反射的に射殺の対象になるから、盗みや、喧嘩、何があっても絶対に走ってはいけない、命が惜しかったら絶対に忘れるな!!」と建設担当の役人からきつく注意をされたという。

沢山の日本人が担当をする仕事別に組割をされて、監督がそれぞれの組を率いて作業に当たる。

基地の中には進駐軍兵士のための売店があり、日本人には手に入りにくいお菓子、食料品、洋服、生地その他いろいろあり、買うことは出来るが基地の外への持ち出しが禁じられていた。

父は私たちのために赤いベルベットの生地を買い、家に帰れる時まで基地のトイレにかくした。一か月後の帰省の時に、この生地と大きな蒲鉾のような芋飴を、お土産に持ってきてくれた。

この頃汽車の中で、日常的に行われていた警察による検閲は、食料品、生活物資など量的にも、厳しい制限が設けられていて、誰もが大いに不満を持っていた。いつものようにやって来る検閲も、進駐軍関係の仕事をしていることが証明されれば、軍の関係者の人たちに検閲は行われなかったので、父のお土産は、無事に私たちの手に届いた。

芋飴など大変貴重な品で、庖丁の背で小さく割りながら、みんなで食べたが、小さなかけらも指につけて口に運び、とても大切にした。

人それぞれ、誰もが生きて行くために必死であり、倒れた人を踏みつけても進んでゆくことを、非難などできない状況の中で、監督の中には働いている人のお給料のピンはねをする人が多く、陰で悔しがる人が多かったという。

そんな中で、父は江戸っ子の矜持《きょうじ》を固く守りたいと、意地汚い人間にはなりたくない思いで、きちんと約束を守ったので、みんなから信頼をされ、仕事も快調に進んだという。

基地の完成式で、アメリカの進駐軍から、特別感謝状を授与され、この実績を買われて、後に日本の防衛庁の仕事が出来るようになり、独立をした。

この時に父の下で働いた職人の一人が、会社を興《おこ》した父のもとで長く働くようになる。彼には大学生の弟がおり、学生運動に熱心で、メーデーの日の大掛かりなデモに参加をし、暴走、火事騒ぎの荒れた血のメーデーとして有名になってしまった。その後には厳しい追跡の後逮捕をされて、それから、長く長く続く裁判に出頭しなくてはならず、就職もかなわずにいたので、兄を頼り、父の会社で働くようになった。

父は上下水道の設備工事の仕事をしていた。

我が家には、家族七人に加え、父のおじさん、父の弟、住み込みの職人と、大勢がいつも一緒に暮らしていた。

父のおじさんは結婚をしなかった。「あたしが年をとったら、栄三郎（父）に世話になりたいが、頼めないか？」と常々、頼んでいたそうで、父は受け入れた。おじさんがそれまで住んでいた所が群馬県であったので「群馬のおじさん」と呼んだ。七十歳くらいから一緒に暮らした。

父の弟も、戦争が終わり、板橋に家を建てた頃から、まもなく一緒に暮らし、仕事も父を手伝っていた。

お天気のいい日は、群馬のおじさんが薪割りを始める。お風呂は薪で炊いていたのだ。太い柱や丸い木をのこぎりでかまどに入るくらいの寸法に切っておく。小さくなった丸太や柱を台の上に立たせて、鉈《なた》で割ってゆく。

焚き付け用のものはさらに細く細く割る。それを良く燃える薪にするために、井桁《いげた》にくみ立てて、乾燥させる。

組んでゆくとどんどん丈が伸びて、ゆらゆら揺れる。おじさんは几帳面な性格だったので、きっちりと真四角に積まないと気がすまない。傍を歩くと揺れて傾くので、叱られた。あまりたびたび叱られると、わざと揺らして倒したので、もっと叱られた。

しかし、おじさんのおつかいもよくしていたので、着物の袖からお菓子を取り出してはご褒美をくれた。

母が「年をとっているのと、長い間、田舎で暮らしていたから、物の値段が分からず、おじさんは『五十円出すから、みんなが食べたいだけ、どっさり肉を買ってよ』と言うから、はいと返事はするけど、本当の値段を言っても信用しないから、嫌になるわよ」と父に話している。

父は「今浦島だからさ、勘弁してやれ」と母を慰めていた。

酷いインフレになっている現実が分からなかったのだ。

おじさんは何度も何度も「栄ちゃんに世話になれる立場じゃないのに、ありがとう」と母を通して感謝を伝え続けて、数年の後、眠ったまま脳溢血で亡くなり、もう一人のおじさんも結婚をして、家からいなくなった。

家には住み込みの職人があいかわらずいて、人数は大して変わらない。


ある日、若い男が職人になりたいと、知り合いの紹介でたずねてきた。

十八歳くらいで、元気がいい。知り合いの話では、「どうも軽はずみで、やくざに憧れる、あたまんなかがお留守の子らしく、親が困っているので、少し面倒を見てほしい」と言う。

父は即座に、「この仕事は、穴掘りが多く、地道な奴じゃないと、どっちみち我慢は時間の問題。うちには女の子もいるし、あぶなっかしいのは、預かれないよ」と断った。

が、本人が父のことを人から聞いて、「この人だっ」と思ってしまい、「頼みます、頑張ります」と言う。「何としてもお願いします」と頭を下げるのを断りきれず、どれくらいもつか、試しに預かることになった。

職人というのは仕事に連れて行っても、学校の先生のように、一から教えるわけではなく、断片的に切れ切れの仕事を指示し、されたほうは見よう見まねから覚えてゆくのが当たり前だったので、自分で覚えようという気構えがないと、うろうろするばかりで、しまいには怒鳴られて、一日が終わってしまう。

何日かが過ぎて行き、職人からは、「飲み込みが悪いどころか、何をやらせても、もったもった、ぐちゃぐちゃで、満足なのは昼飯の時だけ。ただ、無邪気な可愛い所があるんで、まあ、ながーい目で、というとこかな」との評価であった。名前は川口という。

半年も過ぎた頃、時々休むことが出てきた。理由を聞くとはっきりと答えない。段々この繰り返しが多くなり、心配をしていた矢先、ある日の夜九時も過ぎる頃、川口さんから電話がかかってきた。「すいません。誰かにやられて、切られてしまって、どうしたらいいか……今、公衆電話の中に隠れています」と言う。

父が、「これは助けて、と言ってきているんだ、すぐ探してつれて来い」と男の人たちを走らせた。しばらく経って、肩から腕にかけて血で真っ赤に染まり、青い顔の川口さんを二人が両側から支えて、戻ってきた。

「すぐ病院へ」と言うと、「追いかけて来ている奴はやくざで、見つかると怖いから病院は行かない」と震えている。仕方がないので母が手当てをする。

中学生の私が手伝いをすることになった。

興味深さと怖いもの見たさで、母の隣について、傷の消毒、ヨードチンキを傷の二倍くらい広く塗ってゆく。物凄く浸みると半泣きだ。傷はさほど深くはないが、大きい。まだ血の止まらない所があり、気持ちが悪くなってきた。

ガーゼを当て、油紙《あぶらがみ》をのせて、晒し木綿を半幅に切って包帯にし、体が半分隠れるくらい、ぐるぐる巻いた。半泣きの顔をのぞくと、目が合った。

痛いよーっと目が訴える。

母が「こんな思いをしないと、あんたは分からないんだね。場所が悪ければ死んじゃうよ」と叱ると、「すいません、すいません」と謝る。その晩は職人の一人が、自分の家へ連れて帰った。

父が警察の人と電話で話していた。川口さんは池袋のやくざの仲間で、今までも揉め事があると、入り口の見張りをしたり、人を脅かす時の見張りをやって、何度か、警察に連れて行かれもした。

刑事さんや親から、やくざと関わらないように注意をされていたし、やくざの組員にはなっていないので、逃げたい気持ちもあったらしいが、重宝に使われて、離してもらえないと、怖がっている。

その後、父との話し合いで、正直に、仕事は嫌になっていると言うので、やめて親のところへ戻ることになった。

その際、父から「俺のいる時なら、いつでも家へ寄っていいよ。ただし、昼間は何の仕事でもいいから、仕事をしろ。へらへらとやくざに使われていると、終《しま》いには取り返しのつかない羽目に陥るからな」と諭されて、オイオイと泣いた。

それから、数年後、時折、池袋でばったりと会うと、「年頃の女の子がこんな所をうろついちゃあー駄目だ。ちょと待ってて、アイスクリームを買ってくるから」としばらく待っていると、大きな、大きな袋を下げて戻ってきた。

袋の中には三十個くらいアイスクリームが入っている。「溶けないうちに早く帰れよ。そのうち、親父さんの顔を見に、寄らしてもらいたいと、おかあちゃんに言ってよ、よろしくな！」と袋を押し付けた。ありがとうと受け取ったが、その重さに、変わらない人だなあと思った。

アイスクリームの時から、何度か我が家へどっさりとお菓子を持っては話をしに来た。弟が「川口さんの指が、二本なくなっていたよ」と気がつき、父も分かっていたらしい。

ある時、取っておきの話を聞かせると言って上機嫌で家族みんなとご飯を食べながら、話を始めた。

しばらく会えないから、本当にあった嘘のような話を聞かすね、と。

いつもは警察というと、俺にとっては頭を低くして、通り過ぎる所なんだけど、何がおかしいったって、警察が俺に表彰状をくれるなんて出来事が起きたのよ。しかも、人命救助を褒められて警視総監賞だぜ。

ことは、シネマ東映って映画館が古くて、壊れかけているのを建て直そうって相談から始まったんだけど、映画館のお偉いさんがうちの事務所と組んで、火災保険を出させるのに、火事を出す計画を仕組んでさあー、怪我人を出したりしたら、全部ばれちゃうので、怪我人を出さず、近所にも飛び火をしない、しかも、丸焼けにする相談をしたんだ。

仲間を沢山配置して、いざという時には、まっさきにお客さんを早く外へ逃がし、消防へもすぐ連絡をする。

別の隊はバケツを大量に水入りで用意をしておき、隣の建物を水浸しにする。

焼けてる映画館には消防が来るから水はかけない。

それが、なんとも計画以上にうまく行って、建物は綺麗に焼けたわ、人は全部助かったわ、近所も無事、その場のお客さんが、子供を抱いて映画館から何度も出て来た人がいたと言って、警察に話したために、人命救助だ！っと騒ぎになった。

色々聞かれて、少しだけ協力をした風に話す以外に、何も言えないでしょう？　とうとう俺は警察に呼ばれ、警視総監賞を頂くことになったのよ。

貰う方の俺も妙な気分だったけれど、指の欠けた人に賞状を渡すほうも、めったにないことだったと思うよ。保険も全額下りて、便所の匂いのしない、いい映画館が出来たよね。

これは、もう時効だけど、あんまりおおっぴらには出来ない話だ。多分死ぬまでに、初めての一枚、最後の一枚の賞が、裏話つきなんだよ。俺らしいと言えば、俺らしいね。


上機嫌で話をして、帰って行った。

その後は、今度こそ本当に姿を見せなくなった。

父は何も言わなかったが、母が時折、「元気でいるかなあ」と言ったり、「まったく、沢山鷲かされたけど、生きていればいいなあ」と言うので、どういう場所が川口さんの生きている世界なのか、ひどく、哀れな姿が目に浮かんだ。

みやこわすれ

エピローグ

その墓は金沢の郊外にある小さな町の広々と広がるたんぼの一角にひっそりとたたずみ、西日に照らされて柔らかな夕日の色に包まれていた。そっと触れるとほのかな暖かさを返してくれた。

母から、昔話として聞かされて知る祖母、塚本りつのである。

長年にわたって、母は母親であったりつへの想いを、お盆と年の暮れに送るお経料《きょうりょう》に託していたが、菩提寺の住職から寺の改装の連絡を受けたことがきっかけで、初めてこの目で確かめたいと思い立ち、母華江を産んでから一度も母と名乗ることを許されずに亡くなった華江の実母、りつの墓を私と訪れることにした。

金沢に着いてから電車を乗り換えて目的の小さな駅に降り立ち、まず、りつの実家を訪れた。古い大きな門構えに、旧家の趣を残した重厚で圧倒的な存在感を誇る大きな家であった。

年老いた兄嫁が迎えてくれたが、どことなくよそよそしく、ひと通りの挨拶の後仏間へ通されて、りつの位牌に初めて手を合わせた。

一間程《いっけん》の幅の大きく立派な仏壇は、整然と整えられて手入れも行き届き、お灯明《とうみょう》に照らされたいくつもの位牌と一緒にりつはいた。りつについての様々な、いきさつを聞いていたので実家の仏壇の中に収まっている位牌を見た時に、訪れる前からなにやら気負っていた気持ちが急に軽くなった。

私は仏間に入った時から、九月の中頃というのに、すーっと冷気に包み込まれた。二の腕から背中に始まりやがて体全体が寒さを感じ、どうしたものかと落ち着かなかったが、間もなく案内をしてくれるという兄嫁と家を出てお墓に向かい始めると、もとの九月の残暑の中へ戻った。

母の幼い頃というと、大正十二、三年の頃のことだ。「華江ちゃんは、いつも贅沢な下駄をはいているねえ」と近所の大人たちから、下駄を褒められていた記憶が鮮烈に残っていた。

柾目《まさめ》の通った桐の台に赤い別珍《べっちん》の鼻緒が、また、黄色地に小紋が浮かぶ縮緬《ちりめん》の鼻緒に黒塗りのぽっくりさん。ぽっくりなど、普段に履いている子などいないし、また、お婆さんと孫の地味な暮らしにはそぐわない贅沢な履物が余計に人の目を引いたものと思われる。

いつも、徳間のおばさんから渡される小包みを開けると、年頃にぴったりのしゃれた下駄が現れた。子供ながら察するものがあって、祖母には徳間のおばさんがどこの人なのかを聞けずに過ぎていったが、やがて事情を知る近所の人たちから聞かされて、はっきりと知ることになる。しかし幼いながらも本当のおかあちゃんだと、いつの頃からか、分かっていたそうだ。

どこの家にもおかあちゃんがいるのに、どうして家《うち》はおばあちゃんなのか、いつも不思議に感じていた。そしてどうして離れて暮らしているのかを、下駄を見るたびに、何故かそのわけを祖母に聞けず、疑問に感じていることを悟られてもいけない気がして、気を配りながらも、あれこれと想像をめぐらしていた。

第一章

明治の中頃、日本海がどこまでも広がる海沿いの地、庄屋の娘として生まれたりつは、二人の兄の次に生まれた末娘として両親の愛情を一身に受けて、大事に育てられていた。母親や婆やに世話をされての日々は、穏やかで人を警戒するなど無縁の環境がもたらす中で、りつを、おとなしく優しい娘へと成長させた。

庄屋としての世間での信用や格式はあったが、住む人の数も少なく小さい集落に加え、漁に出るにも厳しい気候に左右されるので、どの家も貧しい暮らしではあったが、落ち着いた穏かな営みの日々が、村全体を春霞にでも覆われているような、静かな空気に包まれていた。十三歳のりつは、華奢《きゃしゃ》な体つきに加えて能登の気候特有の、湿気の多い自然環境が作り出す白くきめ細かな肌を持つ、黒く濡れたような大きな瞳が印象的な娘になっていた。

両親はもちろんのこと、兄たちもりつには優しく接していたし、何よりも儚げな雰囲気を漂わせてはいたが、年頃の娘が持つ明るい空気を家の中に運んで来た。

数年が過ぎて行き、次男真彦は、東京の深川で和菓子店を営む叔父に跡取りがいないために、店を任されることになり、村を離れて行った。

まもなく長男に縁談が持ち込まれて、隣の村の農家の娘が嫁いで来た。しっかりとした平凡な娘だが、りつに対する両親や夫の接し方に、自分が経験した娘時代とは雲泥の差が感じられて、嫁いで間もなくからりつに対して、嫉妬心からであろうか、若いがゆえに嫌悪感を抱いてしまった。

学校や習い事の他は、家の仕事を母の指示どおりに手伝いながら、たまの買い物など以外は家で過ごすりつの生活の範囲はその頃の娘たちの誰もが同じようで、ごく狭いものであった。

近所の友達が一人、また一人と、年頃の娘や息子を引き合わせる世話焼きの夫婦の骨折りで、結婚して生家を出て行き始めた。女は誰もが年頃になれば嫁に行き、当たり前のよう婚家に同化して、子供を産み、働き手となることが女の人生であり、幸せな女の生き方と誰一人として疑いもせずに、同じ道を進んで行った。

当然、村でも評判の可憐なりつには、沢山の縁談が持ち込まれていた。両親はいつまでも手元に置きたい思いと、従順すぎる娘を心配して、手元での楽な日々に慣れさせてはいけないとの親心に揺れ動いていた。

初めての見合いでは、いきなり遠い他県に住まうことを聞かされて、親子で決心がつかない上に、りつには、好ましい相手には思えなかったので、断ってから、一か月と経たないうちに人を介して浩二郎を紹介された。

米づくりを主に、家族で農業を営む家の長男であった。

当時としては、めずらしく一人で見合いの席につく浩二郎に、父親が理由を尋ねると「あたしはそろそろ二十五歳にもなる大の大人で、自分の係累のことは書き物にしてお届けしてありますから、本人を見て頂こうと、ついてくると言う親を説得して一人で伺いました。くれぐれもよろしくと言いつかってきましたが、りつさんのご両親には失礼だったかと、独り合点を反省しております。この先、お目にかかるような時が来ましたら、同席してもらいますので、本日は世間知らずの無作法を、お許しください」と顔を赤くして頭を下げる男を目の前にして、両親は大きくうなずき、年らしい分別で芯の通ったことを、とつとつと話す様子にすっかり感心をしてしまった。

りつはと言うと、年頃の娘らしくじっと事の流れを聞いていながら、大人の男だと自己紹介をされたその言葉のままに、誠実さと頼もしさをも感じていた。

長年、庄屋へ出入りをする人を沢山見てきた親の目には、話下手と受け取れるような言葉づかいを除くと、様子が百姓育ちというようにしてはどことなく垢抜けていて、百姓の倅《せがれ》ですと本人は言うが、違和感はつきまとっていた。

しかしそれから度々会ううちに、歳以上に一家の長男として苦労をしてきた話に、すっかり飲み込まれて次第に両親の心も解《ほぐ》れ、如才なさも好ましく映るのだった。

りつはといえば、自分の前に向かい合った他人の男から、饒舌ではない口ぶりの端々に聞かされる、りつの美しさや立居振る舞いの一つ一つへの賛美が、生まれて初めて、男から女としての自分を正面から見てくれていることへの、かつて覚えのない興奮に、しだいに引き込まれて行った。

人との付き合いに慣れていない筈の百姓の息子が、いくら滑らかでなくとも、娘の心をくすぐるような言葉を、ためらいもなく繰り出してくることが出来るのには、相当の経験をつんでいることなどりつには想像も出来なかったし、二人の間に交わされる会話など親は知る由もなかった。

仲人を立て、双方の親がこまごまと行き来し、出会ってから三か月が過ぎた頃、なにかの波に乗せられたかのような早さで、良い日を選んでりつは嫁いで行った。りつの実家からさほど遠くない小さな借家で二人の生活は始まった。いずれは婚家で生活を、とは知らされていたが、当分結婚生活に慣れるまで、との浩二郎の親の好意で二人の生活が始まった。

浩二郎の仕事が百姓ではなく、海産物を扱う問屋の手伝いであったと嫁いだ後に知ったが、まもなく店を変わったとりつは聞かされて、親の家とは生活がまったく違ったので、そんなものかと感じただけであった。

浩二郎の親と、りつの親から婚礼の後に渡されたお金で暫く暮らしたが、その後は、思いついたように時々浩二郎から渡されるものが生活費であったので、りつはたちまち困窮してしまった。

夫である男へ、初心《うぶ》なりつは生活費がないと言えずに、実家の母へ打ち明けたので、初めは金の扱いに慣れぬ娘の尻拭いのつもりで母親はりつに小言を言いながら金を渡していたが、りつからの生活の内情を聞くうち、催促も次第に頻繁になる様子に浩二郎へ不信感を抱くようになった。

実家に来る回数が増えてくると、嫁の手前ごまかしておけなくなり、やがて父親の知るところとなり、浩二郎に確かめたいことがあるので、来るようにとりつに伝えさせたが、一度も実家には顔を出さずに次第に外泊を繰り返すようになっていった。

半年になろうとする頃、りつは体の変調を覚えてうろたえるのだった。

いくら世間知らずとはいえ、結婚をした女の体が変調となれば、思いつくのは子を身ごもったこと以外になく、つい半年前、胸の中にともった恋慕の情に酔う自分に、はにかむような幸せを覚えていたりつは、わけが分からず、何故、このように変わってしまったのか、しかも何か大きなつまずきがりつ自身にあったとの覚えもなく、急に色なき風が流れ込んでしまった様相に唖然とするばかりで、りつにも親にもこの原因がまったく分からなかった。

そもそも、りつと結婚をしたから変わったのではなく、現在の浩二郎が、若い頃から散々つまらない遊びや山師のような仕事にばかり興味を持って、家から金を持ち出したり、隣近所から借金をして一度も返さず、親に払わせたりを繰り返していた。

浩二郎の口車に乗せられた世話役を渡りに船と、所帯を持ったらば少しは変わってくれるかもしれないという淡い期待と共に、少しばかりの金をつけて勘当をしてしまったというのが、浩二郎と親との間に起こった真実であり、厄介な問題を抱えた息子と縁を切るのに、結婚となれば世間の聞こえにも難がなく、口実にはこれ以上のいいチャンスは二度とないと親子共々が勝手な事情から飛びついた話であった。

知らずに浩二郎を信用してしまった世話役とりつの親は、ことの成り行きに少しも誠意を見せないこの事態をようやく理解して、この先のりつを思うといたたまれずに、暗い顔をして思案に暮れていた。

周囲の思案をよそにりつのおなかの子は少しずつ大きくなっていった。たまに家に戻って機嫌の良い時はりつのおなかを撫でて父親になるそぶりも見せたが、相変わらず定職はなく、おなかの子を理由にりつの親類からも借金をするようになり、次第に本性をむき出してきた。目の前に映るりつの現実の姿を飲み込まざるを得ないと、両親は決断をする。とうとう産み月が近くなってきた頃、子供の顔を見れば、別れがたくもなろうと、りつの胸のうちを確かめてみると、一人っきりの日々の不安、お金の苦労と経験したことのない不実な人間を目の前にして、とうにあきらめていたようでもあり、只々、疲れている娘に変わり、時期を両親が決断をして、浩二郎の親と世話役を間に立てて、正式に離婚に向けて動き出した。

りつの離婚が人の耳に入るようになると、浩二郎がこしらえた借金が次々と明るみに出てきた。

遠慮がちに申し出る人、騙されたといって怒鳴り込む人も出てきた。本人はもう二か月も寄りつかなかったが、借り歩いた家のどれもがりつの親の親類であったので、謝りながら精算をしてみたら、蓄えを吐き出し尽くして明治初め頃の金額で千円程にも膨らんでいたと悲嘆に暮れていた。

浩二郎の親や親類は前から行状を知っていて、散々迷惑をこうむったので誰一人、相手になるようなことはなく、まじめに庄屋としての役目を果たし、農家の仕事を家族と使用人とで地道に働いてきたその信用が、周囲に行き渡っていたために、婿とはいえ、それぞれ、つながりのある家々では、頼まれれば断りにくくもあり被害を背負った。

言われるままに金を貸してしまったと苦情を持ち込む債権者の全てのつけを精算せざるを得ず、出来る限りの工面をして、庄屋の名誉に傷がつかないようにりつの夫の借金の全てを支払った。

小さなこの村で個人の人となりや行状などを一人残らず知らぬ者などいないと信じ込ん

でいた世話役も、浩二郎の一件では驚愕と落胆は大きく、平身低頭でりつと両親に謝ったが、残されたりつは大きなおなかを抱えて、この一年に近い時間の間に、めまぐるしく自分の身に起こった天国から地獄への変に、呆然としているだけの日々に疲れ果てていた。この事態を一人だけ距離を持って見ていた兄嫁は、りつを溺愛してきた親への批判と、当然自分たち夫婦が継ぐはずと信じ込んでいた、家の財産をもめちゃくちゃにした浩二郎への憎悪を全てりつへ向けて、度を越していると思われるほど、深い憎しみの感情を胸にたぎらせて、嫌悪するようになった。

けっしてすべての原因がりつだけにあったわけではなく、世間知らずで、経験もない未熟さゆえ、親ともども浩二郎を見抜けなかったのだが、結果はりつが親不孝をしている現実の中で、思い返せば、不思議に浩二郎との生活が夢うつつのようであり、失うことへの未練も湧かなければ、恋しく思った同じ男とは余りに大きな隔たりを感じて、今までの浩二郎の言葉の数々がひどく使い古した芝居のせりふに似ていて、絵空事《えそらごと》そのままに、足元も定まらない現実は、軽率の二文字だけだったと、自分の愚かさが悔しく、しきりに動くおなかの子だけが確かなあかしとして、大きな不安がりつを震撼させた。

気がつくとおなかの子が以前ほど動かず、産み月が近くなったことを知らされて、母親と二人で出産の準備に取りかかったが、涙をこらえている母を目の前にして、誕生を喜ぶような状況とは程遠く、自分たち親子のこれからや、子供をどうして育てていこうか。親子で生きる姿を想像することすら恐かった。この時代に女が生活を支えるだけの収入を得られるような仕事は限られていて、しかも、りつには特別の技術も資格もなかった。糸口さえも見つからず、一人地の底へ向かう自分の姿ばかりを予想していた。

四月の初め、桜が散って青々とした新緑がつき始めた頃、小さな女の子を実家で出産した。泣いている小さな赤ん坊はいとおしく、不憫に思うことばかりで、大きな苦難を象徴しているようにも思え、その泣き声はりつを責めているような気がした。青白く痩せたためにいっそう大きくなったりつの瞳が、くいいるように子供を見つめ、止まらない涙をぬぐおうともせずに抱きしめていた。

離婚が成立してからは当然浩二郎への連絡も途絶えたので、子供が女の子であったことも知らせなかったが、父親の情がわいてくることもなかったらしく、時間が過ぎて、聞いてくることもなく、世話人の話では借金の口実が満州でひと旗上げることであったようで、親も知らないうちに家を出たきり行方不明になっていることが分かった。ようやくこの年の騒動が治まってみると、りつが小さな赤ん坊を抱いている他は、何も変わりのない静かな日々に戻ったようであった。

いつまでも親の側に置きたいが迷惑をかけた人たちの視線に肩身が狭く、家族の中で孤立をしているような毎日を打開するために、一時、親元から離すことになり、東京深川で菓子屋を営む次男真彦のところへ親子で行くように段取りがついた。

りつにとって幸いなことに真彦はいまだ一人身であったので、可愛い妹と姪を兄は温かく迎えてくれた。

第二章

深川へ着いてからの親子の暮らしは、しばらくの間は平穏であったが、生まれた娘は小さかったこともあり虚弱な体質で、よく熱を出した。その上、消化不良を起こしがちで何度も繰り返すうちに、風邪をこじらせ、肺炎を併発して二歳の誕生日を待たずに、早逝してしまった。りつは小さな棺を撫でて、娘の誕生が不幸の象徴のように思っていた自分を激しく責めていた。

この一、二年の歳月が全てむなしく消えて、母親としてもまっとうできなかった情けない自分の胸中の、かきむしるような思いを、一人心の内に閉じ込めて、真彦と二人だけでささやかな葬儀の真似事をした後に上野の東光寺へ小さな小さな墓を立てて埋葬をした。冷たい木枯らしが音を立ててガラス戸を揺らす一月も末のことだった。

「いらしゃいまし、お寒い中をありがとうございます」声に出して何度も頭を下げる練習をして、店に立つ者の心得を真彦から教わりながら、店を綺麗に磨き上げていると、ほんの少しでも兄のためになれそうな自分を感じて、りつは少しずつ明るくなっていった。

真彦を除いては、会う人の誰もが歯切れのいい江戸っ子の言葉が行き交う中で、りつの金沢なまりは、かえって優しげに心地よく響いて、客には好感を持って受け入れられるのだった。

和菓子を製造する店の朝は早く、明け方四時には店の電気が着いて、まず初めに大きなかまど火を起こすことが小僧さんの仕事で、セイロを乗せる釜に水をたっぷりと張り、昨夜といで水に浸しておいたもち米を平たいざるに上げて水を切ると、セイロへうつしてゆく。ぐらぐらと煮立った釜の上にしっかりと固定して、ふきんを掛けて蓋を乗せるとやがて熱い湯気が立ち上がってくる。

蒸し上がったもち米をセイロごと臼へさかさまに移し変えると、手際よく杵でこねながらもうもうと立つ湯気の向こうに、真彦と職人の久蔵が呼吸を合わせて杵を振りあげて餅をついてゆくのが見える。威勢の良い掛け声と、受け手の合いの手がいい調子にリズムを取り、瞬く間に餅が出来上がり、引き受ける手伝いの女の差し出す盆の上に移し変えられ、綺麗にのばされて、注文に合わせた数だけ、のし餅に姿を変えてゆく。この一仕事の後にりつの用意をした朝食を五人で食べながら、菓子の注文の打ち合わせなどをして一日が始まるのだ。


まだ子供の幼さを残す小僧さんが、自転車の後ろの荷台に取り付けてある木箱に出来たての餅を丁寧に納めて、伝票の入った黒いかばんを自転車のハンドルに掛け、「お届けに行ってきまーす」の威勢のよい挨拶と共に自転車を漕ぎ出す光景が毎朝繰り返されて、店の順調な繁盛ぶりを示していた。

近隣の町内の甘味どころの店や、そば、うどん屋、料亭などが決まった得意先で、餅にする原料であるもち米の吟味や、仕入れの値段の交渉などをしている兄を、りつは目の前で見ていて、商売に真剣に取り組む姿勢を教えられ、より一層店を磨く手に心をこめた。郷里の村の家では、金沢地方独特の凝った菓子などは、正月や珍しい来客の時以外は口にしたことがなかったので、店に並ぶどの菓子も珍しく、また見るからにおいしそうで、りつは久しぶりに若い娘らしくはしゃいだ気分に浸るのだった。

お茶席のための菓子の注文が入ると、真彦が席主の注文を聞き、季節の風情を取り入れて、久蔵と工夫を重ねながら、店で売る物とは違った趣向も、ためすことが出来るので、職人としての楽しみも味わいつつ、美しく品の良い和菓子が出来上がる。

数も多く、行儀よく並んだ菓子の入った漆塗りの四角い菓子盆が次々に重ねられて、小僧さんが数の確認をして、運び出しの仕度にかかる。その流れは、毎日のそれぞれの働き手の真剣な体の動きから湧き出すもののようで、自然にかみ合っていて、気持ちの良いものであった。

りつは久蔵からどの菓子にも多く使われる餡玉《あんこだま》を任されるようになった。いつも久蔵が作っていた様子を思い出して、思い切って餡を手にとってみる。白い掌《てのひら》の中に決められた分量の餡を取り、両手で丸めていくと可愛い餡玉が次々と出来上がり、浅く作られた木箱に布巾をしいて几帳面に並べては、惚れ惚れと眺めるりつ。キズがないか、いびつになっていないか、額をつけて見つめている。その様子を、柚子の葉を作るための濃い緑色をした羊羹を型に入れ、切りながらその手を休めて、そっと見ている真彦は少しずつ元気を取り戻しているりつに安堵をしていた。お菓子作りの楽しさを初めて知ったりつの真彦への感謝、何かしなくては申し訳ないと思って始めたことだったが、すっかりその魅力を知ってから、わき目もふらず仕事場で一員となって働いていた。

夢中で体を動かしていると、亡くした子の熱で赤くなった小さな胸が苦しそうに上下をしていた、あの身を切られる光景から解放されたばかりでなく、菓子作りに自分の手が入る喜びはりつが初めて味わった生きる充実感となって、体全体の表情となって現れた。店を訪れる客の菓子を竹の皮に丁寧に移してゆくりつの白い手が、日毎に手早くなり、この頃になってようやく、快い疲れと共に床につくりつは、目がさめたら何から始めようかと自然に思いが仕事に向いて、心に張りを感じ、明日を待ち望む明るい表情は、本来の娘らしいりつに戻って行くようだった。

第三章

九月に入ったばかりの蒸し暑く日差しも強い夏祭りの日の午後のことである。

提灯《ちょうちん》が店頭につけられて、街中の店の軒下に紅白の幕がかかり、近くのお神酒所《みきしょ》からは交代で詰めている町の男たちが、昔から変わらないお囃子を笛や太鼓で奏でている。

傍《かたわ》らには子供の引く山車が準備されていて、大きな太鼓を載せた山車に乗って、威勢をふるう打ち手の男の子が、母親によってきれいに化粧を施されて、鼻筋に真っすぐ引かれたおしろいの太い線もりりしく、揃いの浴衣の裾をはしょってその上にたすきをかけ、豆絞りの手ぬぐいを細くねじって額にまき、緊張に包まれて引き締まった顔をして出発を待っている。傍らに山車が通る町会毎の角々で振る舞われるお菓子を入れるための袋を用意した子供たちが、目をきらきらさせ、鼻の頭に浮かんでいる汗の小さな粒を拭きもせず、出発の号令がかかる一点を見つめてどの子もわくわくして待っている。

大きなうちわが上下に振られて大人のひときわ大きな「そーれ！」の声を合図に山車が動き出して行く。張りのある甲高い声で大勢の子供が「そーれ！」と言いながら、祭りの行列が華やかさを漂わせて緩慢に動いて行く。行列が穏やかに滑り出していたその時、一人の小さな男の子が動きに遅れて、綱を持つ手を離さなかったために、引きずられてしまった。

祭りの付き添いの大人が気がつく前に、見物の人並みの中から男の手がぐっと伸びて子供の着物をわし掴みに持ち、綱の動きに合わせてきちんと立たせてから手を離したので、何事もなかったように行列は動いて行った。子供も助けてくれた人を探すことより、また引きずられないように綱を持つ方に気を取られていたので、まわりの誰も気づかなかった。

その光景を反対の道の端でりつだけが胸をドキドキさせながらじっと見ていた。もしも、あの娘が生きていたら、あのくらいに大きくなっているだろうと想像しながら、娘とよく似た大きな目の子供から目を離せずにいたので、転ばずに再び歩き出した時は、一人小さく拍手をしてしまった。

山車が通り過ぎて行くのを眺めていると、人垣がほどけるように散らばっていく中で、さっきの男が、りつをじっと眺めていた。誰も気づかなかった中で、一人、手を打って喜びを伝えてくれた気がしたのだろうか、視線が合って会釈を交わすとそれぞれの方向に去って行った。

りつは先程の光景を思い出しながら、強い日差しの中に差し出された細く長い大きな手ばかりが印象に残った。

日本橋、鞘町、この地域周辺が三井村と称されるほど、財閥三井系の大きな店の建ち並ぶ一角に、油屋と両替を営む布袋屋があった。

主人は健在ではあったが、店を切り盛りしているのは女房のさやであった。布袋屋はさやで持っているとの周囲の評判も、夫である宗一は自身で納得しているようで、気にもならず性格を表しているようだ。

さやは、もともと商才が備わっていたようで、先代から任された時も、息子よりも嫁のさやが、細々《こまごま》と内情や取引先、使用人のこと、思いつく限りを教え込まれた。

夫婦の間に男、女、女と三人の子供が生まれ、子供たちが十二〜三歳頃までは順調で、忙しくはあったが穏やかに暮らしていた。長男の繁太郎はおとなしい性格の上に体が弱く、さやの大きな心配の種であった。幼い時から病気がちで、家の中で一日を過ごすことが多かった。

さやが四十の中頃を迎える頃から、夫に始まり上の娘が結核にかかり、この時期を境に、布袋屋は病気の療養と、医療費を捻出することに追われ、家族に襲いかかる結核という恐ろしい伝染病を追い払う戦いが始まった。

海辺の空気がいいと医者から勧められると、つてを探して千葉に家を借り、夫と娘、付き添いの看護婦との生活を手配し、その費用に奔走をする。このような生活が布袋屋の屋台骨を揺らしてゆくが、さやは必死であった。

結核と宣告されてから、三年過ぎた頃、夫が、その翌年娘が次々に亡くなった。下の娘は幸い結核にもならず、さやのもとに元気でいたが、この娘は二歳の時に、脳炎にかかり、命は取り留めたが、知能の遅れを伴う後遺症があった。

そのような日々の中で長男繁太郎はたまに外回りをしていて、祭りに出くわし、山車のそばで子供をじっとみつめるりつを見たのだ。

黒目がちの目が印象的で、あのざわめきの中でそこだけがぽつんと浮いて見えていた。

自分の周りにいる妹と母親のさやだけを見て暮らしてきたような繁太郎に、初めて訪れた異性への新鮮なこころよい胸騒ぎであった。

あの祭りの時に自分を見ていた娘がつけていた、伊勢屋の番号が染め抜かれていた紺地の前掛けを覚えていて、あれから外出のたびに、商店街を注意していた。

どのようなきっかけで二人が出会ったのか、知る由もなかったが、さやの知らないところで付き合いが深まり、秋の初めのあの日から一年が過ぎる頃、りつと繁太郎は二人の間に子供が出来てしまった現実に、うろたえていた。

繁太郎が連れて来たりつと初めて会ったさやは、おとなしそうな娘とは思った。しかし細かく本人の暮らしぶりや生い立ちなどを聞くうちに、腹が立ってきた。りつはというと、聞かれると答えるとふうで口数は極端に少ない。

子供を連れて離婚をした挙げ句、その子は育てられず死んでしまったこと、実家を出されていること、かなりの年上であるのに、分別なく、今度は結婚もしないうちに妊娠をし、突然訪れて、聞かれる以外は下を向いている様子に、自分の知らない繁太郎の一面を見てしまった衝撃も手伝って、りつを見つめる目が厳しく変わっていき、鈍重でずうずうしい田舎者が、息子を籠絡したように思い、顔立ちまでを嫌悪した。

しかし、息子の懇願もあり、まもなくりつはさやの出した条件をのんで、布袋屋でさや、繁太郎、妹と暮らし、月満ちて女の子を産んだ。

さやの条件とは、結婚は許さないこと。したがって生まれる子はりつの私生児として届ける。産んでから三か月以内に家を出てゆくこと、子は繁太郎のもとに置いてゆくこと、であった。

子供が出来てしまったと分かった時、結婚が出来ないりつは、兄真彦に打ち明けて、今のまま、ここで暮らせないかと頼んだが、兄は今度は受け入れてくれない。

あれほどの苦しい思いをして、死んだ娘の弔《とむら》いで涙を流したその妹が、自分の知らないうちに、陰で勝手なことをした。

結婚も出来ない人の子を産む妹の、おとなしいだけではない、認めたくはなかった生々しい一面を、再度見せつけられたような不快さを拭い切れずに、怒りがおさまらなかった。

りつは一人で生きる手立てに、当時、日本橋界隈の中でも御大家で、しかも住み込みの乳母を探していた徳間という大きなお屋敷へ雇ってもらい、知る人もいないこの地で一人働き始めた。家を出されたとき、月に一度だけ会うことを許されてりつは必死に働いた。月にたった一度、娘に会える日には、心を込めて選んだ着物や、歩けるようになってくると愛らしい履物に添えて、残りのお給金のあらかたをさやに渡した。

養育費としてさやは受け取っていたようだが、母の血を吐くような思いを利用したかのように、毎月平然と受け取っていたことには、どんな理由がさやにあったとしても、気に入らずに嫁とも認めず、家にも入れず、私生児として届けたはずの子供だけを取り上げてしまったりつに対して、余りに非情で、人が時に見せる残酷な面に加え、醜い現象として胸を刺すのは、人情として仕方のないことではある。

しかし、りつにとっては生きている唯一の張り合いであり、よりどころを失ったりつのたった一つ希望の光であった。

数年後、繁太郎も肺の病が悪化し、三十七歳で亡くなると、さやは張り合いを一気に失い、店を廃業して、土地住宅、店その他の一切を売り払い、日本橋鞘町を引っ越して清澄町へ小さな家を建てて、一人生き残った末娘、そして華江、さやの三人の生活が始まった。

プライドが高く、気性の勝った祖母さやは、布袋屋が盛んだった頃の思い出が心の支えのようで、それだけに、現在の自分を人様がどんな風に見るのだろうかと、殊更《ことさら》、毅然とした姿勢を崩さなかった。

華江への可愛がりようは、りつの分を埋めるに十分なほどで、老いも手伝って、全身全霊をかけ愛おしんだ。元々天性のものか、大変筆の立つ人で昔から商売上の書き物のほか、俳句、短歌には、幼いうちから親しんだようで、華江にも小さい頃から手ほどきをすることが楽しみで、華江もよくこれに応えた。

華江が年頃になると、アララギ派の会に入れてもらい、末席に緊張をして座って本や新聞にも掲載されているような歌人が、朗々と発表する作品に聞き入った。

月に一度、華江が徳間のおばさん（りつ）と会う場所は、いつも浅草の観音様であった。りつは、郷里から日本橋へ出てきて間もなくから観音様を信仰し始めて、気弱な自分を支えるために、縋《すが》っていた。

先月は、ふっくらと綿を入れた縮緬に、麻の葉模様の鼻緒を黒塗りの台にすげてもらったことを思い出しながら履物屋を回り、海ほおずきを売る店の前で足を止めていると、小柄な年寄りと、見慣れた下駄を履いて歩いてくる華江が見えた。

会うたびに、いつの時もこみ上げてくる胸の内を懸命になだめながら、精一杯の笑顔でさやに礼を言うりつだ。

少しずつ大きくなっているが、変わりはないか、今日も、私をどんな風に感じているのか華江をうかがうように見るが、子供ゆえ頓着がないようで、ホッとしたり、それ以上に淡い期待が消えて、大きく落胆をする自分が悲しかった。

徳間家で働く日々が十年近く続いたが、りつの体を病魔が少しずつ蝕《むしば》み始めた。朝起きると手先がこわばる不快さを感じ始めて、しばらくはさすったり、手のひらを閉じたり開いたりすると元に戻り、動かせたが、次第に痛みが出始め、日毎に増してゆく。やがて曲がった指が伸びてくれなくなり、物も思うようにつかめなくなり、当然務めが果たせず徳間家を出なければならなくなった。

再び次男を頼ろうとしたが、ここも以前と状況が変わっていて、兄も新しい家族を迎えていて、りつは行き場を失った。

病に倒れた妹のことを、兄が実家に相談をし、渋る兄嫁を納得させて、りつは兄に伴われ石川県の実家に戻った。

兄嫁にとっては、親兄弟に迷惑をかけた挙げ句、家を出てから再度結婚に失敗をし、しかも大変な難病を抱えて戻った義妹を見る目は、家の体面などお構いなしに行動をする傍迷惑者であり、さらにそんな妹を不憫に思い、何かと庇う夫への強い嫉妬も膨らんで、最も嫌悪をする存在になった。

毎日繰り返される変化の少ない生活が、家族として共に暮らす人間関係に向いてしまうのは当然のこととは思い至るが、舅たちもいなくなった家の中で、兄を取り巻く人々から耳にした話では、兄嫁とりつの日々は制する者がいない中で、苛烈をきわめたと形容される程、りつには厳しいものであったようだ。

金沢の海辺の冬の町は、毎年、厳しい海風に凍り付く寒さが加わって、りつの患うリウマチには最も辛い気候であったが、進むに任せるより仕方なかった。


私の娘の華江は、母がこんなに遠くへ来てしまっていることを知らされているのか？

また、もしも会えることが叶ったらどんな声で語りかけてくれるのか、あの、浅草での私を覚えてくれているのだろうか、このことばかりを思うことが、りつの日常になった。

兄嫁からの厳しいなされようからの逃避か、届けられない娘への切ない想いからか、次第に不自由になる体と共に、少しの希望も見いだせない時間が過ぎてゆくうちに、少しずつ、少しずつ、りつの心は病んでいった。

当時の電話は柱に取り付ける形が多く、この家の電話も玄関と居間の境目にある柱に取り付けられていた。あの電話で華江の声を聴きたい、あの電話が華江につながると一心に信じ、毎日、毎日柱の電話を眺めながら、動かない指を一本、一本、伸ばしてみては、虚ろな目をしたりつが、来る日も来る日も、同じ場所に座っているようになった。

玄関を開けるとそこに座るりつの姿が、訪ねてくる客の目に触れるので、何度もどかすのだが、あの気弱なりつが険しい顔をして抵抗し、この場を離れることを嫌がったと聞く。

どのくらいの時間をそのようにして送ったのかは、正確には分からなかったが、亡くなったことも葬儀も知らされないまま、しばらくたってから華江には知らされた。

母の死が、こんなにも密やかに葬られる悲しさを、わななくように体を震わせて泣きながら噛みしめていたのは、祖母さやを弔ってから一人になり大人になっていた華江だった。

家の一面に広がる田んぼの畦道に入ってゆくと、たわわに実って重い穂をつけた稲が道をふさぐように続く。

進んでゆくと畦道と交差する一角に、小さく丸い、長い風雪に撫でられたような粗末なお墓が現れた。

私は持っていたお花をそなえ、香りの良いお線香を立て、母を促した。それは、長い、長い、祈りだった。

私は「お祖母《ばあ》ちゃんですね、貴女のことは母から聞いています。とても長い時間が過ぎてしまいましたが会いに来ることが出来ました。私たちが生きている限り、貴女のことは決して忘れるものではありません。母は、逞しく優しい父と五人の子供と、とっても幸せだと言っています。どうか安心をして下さい。そして母を見守ってあげてください。安らかな眠りをあなたのために母と祈り続けます」と語りかけた。

兄嫁は黙ってお墓を見つめていた。母が何を語りかけたのかは聞けません。

もう一度家に戻り、お茶を頂いて当たり障りのない話を交わしていると、また、スーッと冷気に全身が包まれてきた。

多分、気がおかしくなるほどの長い時、娘を待ち焦がれ続けたりつの望みが、ようやくかなった喜びを、全身全霊を込めて、りつが、伝えに来ている気がして、身動きも出来ずただじっと目を閉じていた。

著者プロフィール

相本 華世子（あいもと　かよこ）

1943年、５人兄弟の次女として東京の下町で生まれました。

身の回りの環境は生活を送る日常の、すべての物が不足している戦争の末期であったことが、名前を決める要因になったと母から聞き、この子が生きる時代への期待も込めて、華世子としたと。

親の切なる期待通りに、日本の国全体が貧しい中から、それこそ命がけの、必死の大人達の働きによって、昭和を作り、平成を謳歌し、令和の今を生きています。私自身を振り返っても、子供時代を経て、結婚をして家族と一緒に生きた長い時間は、華やかさとはかなり意味は違いますが、ぎっしりと中身の濃い、両手に抱えきれない幸せと、充実感を感じて80歳の今に至ります。

記憶力も笑ってしまうほど衰えを感じ、自分をテストする思いで振り返ってみました。

文芸社の皆様には、私のレベルに合わせてお力を貸して頂き、たどり着くことができました。感謝です。

あっぱれ

2023年８月15日　初版第１刷発行

著　者　相本 華世子
発行者　瓜谷 綱延
発行所　株式会社文芸社
〒160-0022　東京都新宿区新宿1－10－1
電話　03-5369-3060（代表）
03-5369-2299（販売）

印刷所　株式会社晃陽社

ISBN978-4-286-24385-6